rororo

rororo

Angela Sommer-Bodenburg
und Nicholas Waller

Der kleine Vampir

Roman von Angela Sommer-Bodenburg
und Nicholas Waller nach dem Drehbuch
von Larry Wilson und Karey Kirkpatrick,
basierend auf den gleichnamigen Büchern
von Angela Sommer-Bodenburg

Deutsch von Edith Beleites

Rowohlt Taschenbuch Verlag

Redaktion Ralf Schweikart

2. Auflage Oktober 2000

Originalausgabe
Veröffentlicht im Rowohlt Taschenbuch Verlag GmbH,
Reinbek bei Hamburg, September 2000

Umschlagillustration und Abbildungen im Tafelteil Cometstone Pictures

Umschlaggestaltung Barbara Hanke

Satz Adobe Garamond PostScript (PageOne)
Gesamtherstellung Clausen & Bosse, Leck
Printed in Germany
ISBN 3 499 21150 5

Die Schreibweise entspricht den Regeln
der neuen Rechtschreibung.

Ein paar Worte vorweg

Brauchen Bücher Vorworte? Eigentlich nicht. Braucht das Buch zum Film «Der kleine Vampir» ein Vorwort? Eigentlich auch nicht. Oder doch?

Jedenfalls ist es mein Wunsch, diesem Buch vorauszuschicken, wie sehr mir die Geschichte gefällt, die der Film erzählt! Larry Wilson und Karey Kirkpatrick haben das Drehbuch nach meinen Büchern über den Kleinen Vampir entwickelt. In einigen Punkten sind sie dabei von der ursprünglichen Handlung abgewichen. Aber damit habe ich kein Problem, denn sie sind dem Geist meiner Geschichte treu geblieben. Mit Geist meine ich diesmal kein Gespenst, sondern das, was im Mittelpunkt meiner Bücher steht: Freundschaft, Toleranz, Verständnis, Solidarität, Mut zum Anderssein – aber auch Spaß und Abenteuer.

Und Spaß und Abenteuer gibt es in dieser Geschichte reichlich! Ein paar Ideen, die Larry Wilson und Karey Kirkpatrick hatten, finde ich so gut, dass ich richtig ein bisschen neidisch bin.

Aber ihr werdet ja selbst sehen!

Zum Schluss möchte ich mich noch bei Richard Claus bedanken, dem Produzenten des Films. Er hat wie keiner vor ihm (außer Burghardt Bodenburg) an den Kleinen Vampir und an mich geglaubt und diesen Film überhaupt erst möglich gemacht! Ein großer vampirischer Dank geht auch an

Uli Edel, den Regisseur. Ihm ist es gelungen, meinen Kleinen Vampir mit dem Auge der Kamera zum Leben zu erwecken!

Hidden Meadows, im Juli 2000

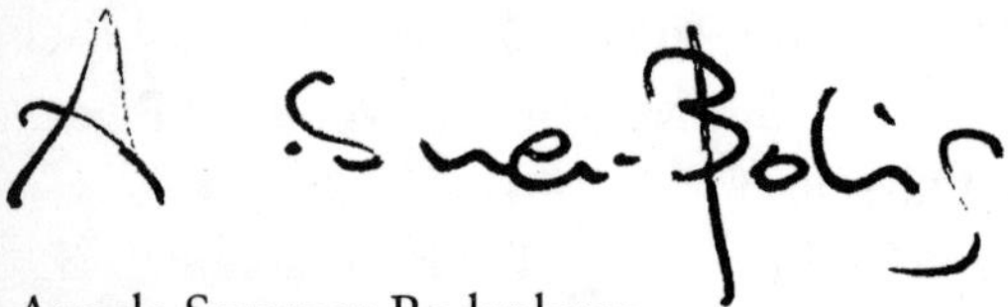

Angela Sommer-Bodenburg

1. Kapitel

Tony Thompson träumte wieder von Vampiren.
Der Traum erschien ihm merkwürdig real, so, als sei Tony Augenzeuge des Geschehens. Es kam ihm vor, als schwebe er über seinem Bett und beobachte alles, was unter ihm passierte. Er kannte diesen Traum schon. Es war immer derselbe.
Hoch über dem Meer ragte ein Massiv von Felsklippen auf. Es war Vollmond, und ein Komet zog über den Himmel, geradewegs auf den Mond zu. Auf der obersten Felsenspitze stand ein großer, bleicher Vampir mit traurigen Augen und starrte auf das Meer. In der Hand hielt er eine lange Kette, an deren Ende etwas Goldenes befestigt war. Mit hoch erhobenem Arm schwang er die Kette, sodass sie glitzernd und summend über seinem Kopf kreiste.
Auf dieses Signal hin kamen Vampire aus allen Himmelsrichtungen angeflogen, bis dreißig oder vierzig oder fünfzig von ihnen auf den Klippen versammelt waren. Sie trugen merkwürdig altmodische Gewänder, wie in Büchern über die Shakespearezeit, die Tony in der Schulbibliothek durchgeblättert hatte. Auch Kinder waren dabei, einige davon sogar in Tonys Alter, also etwa acht Jahre alt.
Offenbar waren jetzt alle da. Der Anführer hörte auf, die Kette zu schwingen, und fing das goldene Ende mit der Hand auf. Es war eine Art Amulett, in dem sich die Sterne fun kelnd spiegelten. Es bestand aus einem Ring, in den fremd-

artige Runen eingekerbt waren, und in der Mitte saß ein strahlend roter Edelstein, der geheimnisvoll leuchtete.
Als der Komet ganz nah an den Mond herangekommen war, drehte sich eine Frau zu dem Anführer um, lächelte und sagte: «Ludwig, der Clan ist vollzählig versammelt. Es ist Zeit.»
«Ja, Hildegard», antwortete Ludwig. «Es ist Zeit.» Und dann begann die Zeremonie genau so wie immer.
Ludwig holte tief Atem und hielt das Amulett hoch in die Luft. Der Mond verfärbte sich rot. Ein Blitz schoss aus Mond und Komet, die jetzt in einer geraden Linie hintereinander standen, und tauchte die wartenden Vampire in blutrotes Licht.
«Ab ovo», sang Ludwig, während die anderen Vampire ganz verklärt in den Himmel schauten. «Nil desperandum.»
In Tonys Traum passierte an dieser Stelle immer dasselbe: Lautes Pferdegetrappel unterbrach die Zeremonie.
Die Vampire drehten sich erschrocken um. Brennende Fackeln wurden sichtbar; sie steckten links und rechts an einer Furcht erregend großen hölzernen Kutsche, die von zwei riesigen Pferden gezogen wurde. Ihre Hufe schleuderten Erdklumpen in die Luft. Die Kutsche war schwer beladen mit Anti-Vampir-Waffen – Bögen mit silbernen Pfeilen, Holzpflöcken, Hämmern und Spaten.
Ein großer, bärtiger Vampirjäger in einem Pelzmantel trieb die verschreckten Pferde mit wütenden Schreien an. Eine unheimliche Kette aus Fangzähnen baumelte um seinen Hals.
Im Näherkommen hob der Jäger ein langes, scharfes Schwert.
«Das ist Geiermeier!», rief Ludwig. «Flieht! Flieht zu den Hügeln!»

Die Vampire stoben in alle Richtungen auseinander, erhoben sich in die Luft oder verwandelten sich in Fledermäuse. Andere, unter ihnen ein Junge, blieben todesmutig stehen und entblößten ihre fürchterlichen Zähne.
«Du musst fliehen!», rief Ludwig dem Jungen zu, während er als Einziger auf die herannahende Gefahr zuging.
Geiermeier stürzte sich auf Ludwig. Den Jungen und die anderen ignorierte er. Er schwang sich von seiner Kutsche herunter und streckte gierig die Hände nach dem leuchtenden Edelstein aus.
Ludwig hielt das Amulett hoch in die Luft, während sie miteinander kämpften. Er strauchelte, verlor das Gleichgewicht und taumelte. Schließlich machte Geiermeier einen gewaltigen Sprung und schloss die Hand um das begehrte Juwel …
PLINGG!
Der rote Stein brach aus der Fassung und flog durch die Luft. In rasender Geschwindigkeit drehte er sich um sich selbst und funkelte und glitzerte, als er über den Rand der Klippen fiel. An Ludwigs Kette hing nur noch die goldene Fassung.
Normalerweise wachte Tony an dieser Stelle auf.
Heute Nacht war es anders.
Plötzlich schwebte Tony ganz dicht über der rauen, schäumenden Wasseroberfläche, und der Stein tauchte zischend und spritzend ins Meer ein und verschwand in der Tiefe. Während er sank, wurde das rote Leuchten immer schwächer.
«WENZEL!», kam ein entsetzter Schrei von oben. «Wenzel! Tu's nicht!»
Tony drehte sich um und sah zu den Klippen hoch.
Ein junger Vampir – ebenjener Wenzel – stürzte sich von

den Klippen und sprang dem Stein hinterher, genau auf Tony zu.
Die Augen weit aufgerissen, mit wehendem Umhang und entblößten Zähnen war Wenzel drauf und dran, aufs Bett zu stürzen.
Tony bekam es mit der Angst zu tun und rettete sich in letzter Sekunde unter die Bettdecke.
BUMM!
Tony setzte sich kerzengerade auf und schrie. Er war vollkommen verschwitzt, und die Haare standen ihm zu Berge, als sei ihm ein Gespenst begegnet. Was für ein Albtraum!
Es blitzte und donnerte. Regentropfen klopften ans Fenster wie knochige Hände.
Tony knipste die Nachttischlampe neben seinem Bett an und setzte sich die Brille auf.
Er seufzte erleichtert, als er feststellte, dass er tatsächlich in seinem Bett lag, in seinem Zimmer, dass es wirklich sein Teddybär war, der da neben ihm saß. Alles war so gewohnt und normal, wie überhaupt etwas gewohnt und normal sein konnte bei jemandem, der gerade umgezogen war. Koffer und Umzugskisten standen überall im Zimmer herum. Dazwischen lagen einzelne Sachen, die er schon ausgepackt hatte. Jeden Tag schien das neue Haus mehr zu seinem Zuhause zu werden. Fotos von seinen Freunden in San Diego hatte er an die Wand gepinnt, daneben ein Poster von Sammy Sosa, dem Footballspieler. Ein signierter Football lag auf dem Kaminsims neben einer Reihe von Robotern, die im Dunkeln leuchteten und wie Wachsoldaten dastanden.
Er dachte gern an die Zeit im sonnigen Kalifornien, aber sie schien Lichtjahre zurückzuliegen, jetzt da der Sturm das

feuchte alte Schloss umtoste, mitten im kalten, menschenleeren Hochland von Schottland.
Der Wind heulte ums Haus und rüttelte an den Fenstern. Tony schauderte. Ob da draußen wohl eins von diesen uralten Gespenstern war, das hereinzukommen versuchte? Wieder zuckte ein Blitz über den Himmel, und der unmittelbar folgende Donner war direkt über dem Haus.
Jetzt reichte es aber! Tony überlegte nicht erst lange, sondern sprang auf und rannte, so schnell er konnte, durch das dunkle Treppenhaus zum Schlafzimmer seiner Eltern hinunter. Er hoffte, schneller als irgendwelche widerlichen Kreaturen zu sein, die ihn mit ihren eiskalten Händen packen und ihm die Kehle zudrücken wollten …
«Uaaah!», heulte er, als er die Schlafzimmertür öffnete und ins Zimmer lief, und ganz außer Atem schrie er: «Mom!»
RUMMS! Er stolperte über eine riesige Tasche mit Golfschlägern und fiel hin. Die Golfschläger klapperten und schepperten und machten einen Höllenlärm.
Helga Thompson, Tonys Mutter, setzte sich im Bett auf und rüttelte ihren Mann Bob wach.
«Der goldene Cup», sagte Bob noch halb im Schlaf.
Helga rüttelte ihn noch einmal. «Ich habe Einbrecher gehört», flüsterte sie ziemlich laut.
«Wie? Was?», murmelte Bob.
Helga knipste die Nachttischlampe an. Auch dieses Zimmer stand voll mit Umzugskisten und halb ausgepackten Koffern.
«Ist nur der Donner, Liebes», sagte Bob.
Ein verwuschelter Haarschopf tauchte am Fußende des Ehebetts auf.
«Ähm … hallo, Mom», sagte Tony.

«Tony!», rief seine Mutter. «Was machst du denn da unten?»
«Mom, Dad, die Vampire sind wieder da!»
«Wie bitte?», brummte sein Vater.
«Hast du wieder einen Albtraum gehabt?», fragte seine Mutter zärtlich und hob ihre Bettdecke an. «Na, komm schon!»
Dankbar kam Tony um das Bett herum.
«Mom, ich glaube, in diesem Haus spukt es.»
«Das ist doch lächerlich! Weißt du eigentlich, wann ich morgen aufstehen muss?», sagte Tonys Vater scharf. «Außerdem hatte ich gerade zum Sieg eingelocht.»
Missmutig sah er zu, wie sein Sohn ins Bett kletterte. «Tony, du bist wirklich zu alt dafür!»
Helga Thompson nahm ihren Sohn in die Arme. «Ist schon gut, Liebling.»
«Mom, gefällt es dir hier eigentlich?»
Tonys Vater seufzte viel sagend, drehte sich auf die andere Seite und schüttelte geräuschvoll sein Kopfkissen auf. Seine Frau warf ihm einen kurzen Blick zu und streichelte liebevoll über Tonys Haar.
«Ich weiß, es ist für dich eine große Umstellung», sagte sie und knipste das Licht wieder aus. «Ein neues Haus, ein neues Land. Aber viele andere Kinder wären glücklich, wenn sie hier leben könnten.»
Tony kuschelte sich in die Arme seiner Mutter. Gerade fing er an, sich wieder ein bisschen sicherer zu fühlen, als der Wind erneut aufheulte.
«Hörst du das?», flüsterte er.
«Pssst! Keine Angst!», sagte seine Mutter.
«Das ist bloß der Wind», sagte sein Vater.

«Oder die Untoten. Ich glaube, sie haben Probleme», sagte Tony leise.

«Tony!», sagte sein Vater. «Wenn du mich jetzt nicht schlafen lässt, bin *ich* morgen ein Untoter.»

«Dad hat Recht», sagte seine Mutter. «Versuch einzuschlafen, Liebling.»

«Genau», sagte sein Vater. «Und träum bloß nicht wieder!»

Aber Tony konnte nicht schlafen. Er starrte in die Dunkelheit und dachte nach. Warum träumte ausgerechnet er dauernd von Vampiren?

2. Kapitel

Am nächsten Morgen hörte es auf zu regnen.

Tonys Vater war schon zur Arbeit gegangen, als es Helga endlich gelang, Tony zu wecken und ihn dazu zu bringen, sich anzuziehen.

«Beeil dich, Tony! Du kommst noch zu spät.»

«Macht doch nichts», sagte Tony. Er beneidete seine Mutter. Sie konnte den ganzen Tag in Jeans und T-Shirt herumlaufen und brauchte nichts zu tun, während er arbeiten musste.

«Was hast du da eben gesagt?»

«'tschuldigung. Bin gleich so weit.» Tony seufzte und schleifte seine Schultasche durch die Eingangshalle.

«Hey! Was ziehst du für ein Gesicht?», fragte seine Mutter und strahlte ihn an, als sie die Haustür zuschloss. «Du gehst doch gern zur Schule!»

In der Auffahrt musste Tony über eine große Pfütze springen. Er stieg ins Auto ein, ohne zu antworten.
Seine Mutter warf ihm einen besorgten Blick zu, als sie den Motor anließ.
Mürrisch sah Tony aus dem Fenster und betrachtete sein neues Zuhause, während er den Sicherheitsgurt anlegte und daran dachte, was seine Mutter ihm in der letzten Nacht gesagt hatte. Wahrscheinlich hatte sie Recht. Die meisten Kinder würden es bestimmt ganz toll finden, in einem echten Schloss zu wohnen. Sicher, es war nur ein kleines Schloss, und in den letzten Jahren war viel daran verändert worden, um ein modernes Wohnhaus daraus zu machen, aber es sah immer noch sehr eindrucksvoll aus – die dicken Mauern, die Verteidigungsanlagen, die großen alten Bäume im Garten, dichte Hecken und von Efeu umrankte Mauern. Sein Zimmer lag sogar ganz oben in einem Turm – wie die Zimmer, die früher die Burgfräulein mit wallendem Haar bewohnten, wenn sie in Ungnade gefallen waren.
In der Nähe lag das Anwesen eines echten Lords. Tonys Vater arbeitete dort, und gleich würden sie daran vorbeifahren. Dann gab es noch eine große Kirchenruine und ein Dorf, die weite Hügellandschaft und sogar ein Meer. Obwohl es nicht so groß war wie der Pazifik, war es doch ziemlich beeindruckend. Aber an zu Hause erinnerte es Tony nicht.
«Schottland ist wunderschön, oder?», sagte seine Mutter, als sie am Ende der Schlossauffahrt auf der rechten Straßenseite in Richtung Dindeen abbog. Der Sonnenschein glitzerte auf dem üppigen Rasen, der vom nächtlichen Regensturm noch ganz feucht war.
«Und unheimlich nass», sagte Tony, um einen gravierenden Unterschied zu seinem wahren Zuhause zu nennen.

«Also, ich finde es schön, wenn die Sonne immer mal wieder durch die Wolken blinzelt», sagte seine Mutter fröhlich. «Es ist so dramatisch. Außerdem gibt es oft Regenbögen.»
Tony schaute sie von der Seite an und grinste. «Immer nur das Gute sehen, was? Na, wenigstens braucht hier niemand Durst zu haben.»
«Ach, Tony», sagte seine Mutter jetzt viel ernster, «natürlich ist es hier ganz anders als in Kalifornien. Aber ich finde es gut, dass wir nicht mehr in einer großen Stadt wohnen, sondern mitten im Grünen, mit all der guten Luft und den Tieren.» Sie machte eine wenig überzeugende Handbewegung in Richtung einer Herde schwarz-weißer Kühe, als sie an der Weide ihres Nachbarn McLaughlin vorbeikamen. Nachdem sie ein Stück gefahren waren, kam ihnen ein kleiner roter Trecker entgegen. Irgendetwas stimmt nicht mit ihm, dachte Tony, aber er konnte nicht erkennen, was.
«Ich weiß, auch die Schule ist ganz anders, aber ich bin mir sicher, dass du dich schnell daran gewöhnen wirst», sagte seine Mutter. «Das Fernsehen, die Schule, das Geld und … und … und …»
Der Trecker hupte. Und in dem Moment wurde Tony klar, was ihm eben komisch vorgekommen war.
«Und man muss hier auf der falschen Straßenseite fahren, Mom!», brüllte er.
Helga Thompson riss das Steuer herum, und der Wagen schleuderte auf die linke Straßenseite, Sekunden bevor es zu einem peinlichen Unfall gekommen wäre. Der Treckerfahrer – es war der alte McLaughlin selbst – reckte ihnen wütend eine Faust entgegen, als sie an ihm vorbeifuhren, und schrie etwas, das sie nicht verstehen konnten. Aber es hörte sich alles andere als nett an.

«Außerdem reden die Leute hier so komisch», sagte Tony.
Seine Mutter lachte verlegen. «Erzähl Daddy lieber nichts von diesem Vorfall», sagte sie, als sie den Hügel hinabfuhren, der zu Lord McAshtons Anwesen führte. «Ach, da ist er ja!»
«Wo?», fragte Tony.
«Guck genau hin, dann siehst du ihn.»
Tony starrte aus dem Fenster. McAshtons Anwesen wimmelte von Menschen. Arbeiter mit Helmen trugen Gerüstbalken und Holzbohlen über das Gelände, von riesigen Lastwagen wurden nicht näher identifizierbare Dinge abgeladen, Bagger fuhren hin und her.
Tony wusste, dass sein Vater eine wichtige Rolle in dem Projekt spielte, für das auf einer gigantischen Plakatwand am Straßenrand geworben wurde – GUTSHOF McASHTON – GOLFCLUB UND TAGUNGSZENTRUM –, bis jetzt hatte er nur noch nicht begriffen, welche eigentlich. Vielleicht die alles entscheidende.
«Jetzt sehe ich ihn!», rief er. «Da!» Tony zeigte mit dem Finger auf ihn.
Bob Thompson stand neben seinem Landrover und sprach mit einem Mann, der auf einem großen schwarzen Pferd saß. Unwillkürlich musste Tony an die Pferde in seinem Traum denken, und ein Schaudern überkam ihn.
«Das ist Lord McAshton höchstpersönlich», sagte seine Mutter.
Die beiden Männer schienen über ein großes, weiches, graues Etwas zu diskutieren, das ausgebreitet auf dem Boden vor ihnen lag. Es sah aus wie ein platt gefahrener Wal, der im Wind flatterte und sich wellenförmig hob und senkte.

«Ach!», sagte Tony. «Dieser aufgeblasene Heini?»
«Das ist er.» Seine Mutter drückte zweimal kurz auf die Hupe. Ihr Mann und Lord McAshton sahen auf. «Wink doch mal!»
«Die sehen mich von da hinten doch gar nicht», erwiderte Tony, winkte aber trotzdem.
«Jedenfalls wird der andere aufgeblasene Heini da auf der Erde heute noch aufsteigen.» Helga Thompson entspannte sich sichtlich, als sie den Gutshof hinter sich ließen. «Aus diesem Anlass gibt Lord McAshton heute Abend eine Party, und wir sind natürlich eingeladen.»
«Ach!», sagte Tony wieder, nur diesmal klang es ziemlich düster. «Aber ohne mich, stimmt's?»
«Komm, Tony, nun sei doch nicht so! Da sind sowieso nur Erwachsene, die sich über langweilige Sachen unterhalten. Ich bin mir ganz sicher, dass du nichts versäumst.» Sie seufzte. «Mal im Ernst, Tony: Dies ist eine enorme Chance für Dad. Du solltest die ganze Sache als ein großes Abenteuer betrachten. Wart's nur ab! Bald hast du dich eingelebt und findest an der Schule neue Freunde.»
Tony drückte sich niedergeschlagen in den Beifahrersitz, als er an die Schule erinnert wurde. Obwohl draußen die Sonne strahlte, schien eine dunkle Wolke über seinem Kopf zu schweben.

3. Kapitel

Mit zögernden Schritten ging Tony durch das Tor in den eingezäunten Schulhof, und sofort war er von lachenden Kindern umringt, die alle viel größer waren als er.
Dummerweise lachten sie über ihn – nicht mit ihm.
«Was willst du hier noch, Blödmann?», fragte Nigel McAshton, ein kurzhaariger Junge mit einem glatten, hübschen Gesicht, als er auf Tony herunterblickte. «Haben wir dir nicht ganz klar gesagt, dass du zu Hause bleiben sollst?»
«Genau! So einen wie dich wollen wir hier nicht haben», sagte Flint, sein Bruder.
«Ich kann doch nichts dafür», sagte Tony. «Wenn's nach mir ginge, würde ich ja zu Hause bleiben.»
«Wir sind dir wohl nicht gut genug, was?» Nigel stieß ihm eine Faust in den Magen, und zwar mit voller Wucht.
«UUUF!» Tony krümmte sich, rang um Atem und bekam kein Wort mehr heraus.
«Das hast du davon, dass du so eine miese kleine Ratte bist!», rief Nigel.
Sein Bruder ließ sich auf alle viere nieder und kroch von hinten an Tony heran. Nigel schubste Tony, sodass er über Flint stolperte und hinfiel. Dabei verlor er seine Schultasche.
«Und das, weil du hier aufgetaucht bist!»
Tony rutschte die Brille von der Nase, und sie fiel zu Boden. Die anderen Kinder konnten sich vor Lachen gar nicht wieder beruhigen.
Flint stand auf und hielt Tonys Tasche hoch.

«Was haben wir denn da?», fragte er. «Schauen wir doch mal nach …» Er kippte die Tasche aus. Bücher und Stifte und Tonys Schulbrot landeten in einer schlammigen Pfütze. Sein Apfel rollte auf Nigel zu, der darauf trat und ihn in die Erde drückte.

«Darüber werden die Lehrer aber gar nicht begeistert sein, Blödmann», sagte er. «Sie mögen keine Kinder, die mit schmutzigen Sachen zur Schule kommen.»

Es läutete zum Unterricht, und alle liefen in Richtung ihrer jeweiligen Klassenzimmer.

Tony setzte seine Brille wieder auf und sah ihnen nach, wie sie in dem düsteren grauen Schulgebäude verschwanden. So elend hatte er sich in seinem ganzen Leben noch nie gefühlt.

«Mom», murmelte er leise. «Was hat euch an San Diego eigentlich nicht gefallen?»

Zehn Minuten später hatte Tony das Gefühl, seinen Augen und Ohren nicht trauen zu können.

Mr. Boggins, sein Klassenlehrer, malte etwas auf die Tafel – einen Kometen, der sich direkt auf den Mond zu bewegte, genau so wie in Tonys Traum! Wie konnte das sein? Was wusste Mr. Boggins von seinen Träumen?

Tony saß da und staunte, und einen Moment lang vergaß er sogar, dass er zwischen Nigel und Flint saß.

«Mach doch bitte den Mund wieder zu, Tony Thompson!», sagte Mr. Boggins. «Sonst landet womöglich noch eine Mücke darin. Und bitte sei so gut, dir den Dreck von der Nase zu wischen!»

Die anderen Kinder schüttelten sich vor Lachen. Tony wurde rot und rieb mit einem Taschentuch auf seiner Nase herum.

Mr. Boggins zeigte auf die Tafel. «Was seht ihr hier?»
Nigel und Flint blickten sich drohend im Klassenzimmer um. Sie hatten keine Ahnung, folglich durfte auch niemand anderes eine Ahnung haben. Die anderen Kinder rutschten unruhig auf ihren Stühlen herum und hatten keine Lust, bei den Klassenrüpeln in Ungnade zu fallen. Auch Tony wagte nicht zu antworten, denn man hatte ihm ja deutlich genug gezeigt, dass er den Mund halten sollte.
«Das ist ein Komet. Der Komet Forsey», sagte Mr. Boggins. «In Kürze werden wir Zeuge eines großartigen Naturschauspiels sein. Samstagnacht werden wir den Kometen Forsey in unmittelbarer Nähe des Mondes sehen, das erste Mal seit dreihundert Jahren. Und dann ...»
«Und dann», sagte Tony, der sich nicht länger zurückhalten konnte, «dann entlädt sich eine ungeheure Energie, und der Mond verfärbt sich rot, so rot wie Blut.»
Seine Klassenkameraden drehten sich zu ihm um.
«Woher, um alles in der Welt, willst du das wissen?», fragte Mr. Boggins.
«Ich hab davon geträumt.»
Nigel und Flint sahen einander an und schnaubten verächtlich. Ein paar andere Schüler kicherten.
«Ruhe!», rief Mr. Boggins.
«Es ist immer derselbe Traum, jede Nacht, seit ich hier bin», sagte Tony.
«Blöder Ami!», zischte Nigel.
«Und es findet eine Versammlung statt ...»
«Eine Versammlung? Was für eine Versammlung?»
«Eine Vampirversammlung!»
«O nein, Tony, nicht schon wieder!», sagte Mr. Boggins und drehte die Augen zur Decke.

Alle lachten.
«Aber ich hab's wirklich gesehen! Den Kometen, den Mond, die großen Eckzähne ...»
«Tony!»
«Und den Vampirjäger! Er ist riesig und sehr behaart, und er sitzt auf einer Pferdekutsche und trägt ein Kreuz vor sich her und ...»
Die Klasse tobte.
«Tony», sagte Mr. Boggins und zeigte zur Tür, «ich habe dich gewarnt. Jetzt reicht's. Bitte geh und statte der Direktorin einen Besuch ab!»
Tony verließ das Klassenzimmer, tiefrot im Gesicht. Hinter sich hörte er das Gejohle seiner Klassenkameraden.
«Ich hab das alles aber wirklich gesehen», sagte er leise zu sich selbst. «Die Pferde, das Amulett ... alles!»

4. Kapitel

Einige Stunden später saß Tony in seinem Zimmer. Er war allein und malte.
Das tat er nicht oft, es sei denn, er hatte entsprechende Hausaufgaben zu erledigen. Aber jetzt fertigte er eine ganze Serie von Bildern an, alles Szenen aus seinem Traum. Er konzentrierte sich so sehr auf den Edelstein in dem unheimlichen Amulett, dass er nicht hörte, wie sein Vater ins Zimmer kam.
PLONK!
Ein Golfball stieß gegen das Tischbein. Tony drehte sich er-

schrocken um. Sein Vater stand in der Tür, mit einem Smoking und einer schwarzen Krawatte bekleidet. Er hielt einen kleinen Golfschläger in die Höhe.
«Hallo, Dad», sagte Tony.
«Hallo, Tony», sagte Bob. «Sieh mal, was ich dir mitgebracht habe!» Mit diesen Worten holte er eine Golftasche mit einem Satz kleiner Schläger hinter dem Rücken hervor.
«Golfschläger?», fragte Tony verblüfft.
«Für Kinder. Sie gehören dir. Wusstest du eigentlich, dass das Golfspielen in Schottland erfunden wurde?»
«Das hast du schon oft gesagt», brummte Tony. «Aber ich hab doch niemanden, mit dem ich spielen kann!»
«Das ist gerade das Schöne an diesem Spiel», sagte Bob und holte erneut Schwung mit dem Schläger, den er in der Hand hielt. Dabei schien er für ein weit entferntes Loch Maß zu nehmen. «Du brauchst niemanden, mit dem du spielst. Nur du und die Natur und die frische Luft und ...»
«Aber ich möchte mit jemandem spielen!»
«Nun ja, dann spiele ich mit dir. Ich zeige dir, wie's geht.»
«Du hast doch nie Zeit!»
«Dann nehme ich mir eben Zeit.»
«Das hast du auch schon in San Diego gesagt, als du mir Skifahren beibringen wolltest.»
Bob kniff die Augen zusammen. «Jetzt sind wir aber hier, und hier werde ich versuchen, mir die Zeit zu nehmen. Versprochen.»
«Schon gut, Dad, 'tschuldigung. Okay, dann lass uns gleich anfangen!»
Tonys Vater verzog das Gesicht. «Na ja, also, jetzt geht es nicht, Tony», sagte er und zeigte auf seine Krawatte.

«Warum?» Tony stellte sich dumm. «Musst du noch irgendwohin?»
«Wir müssen zu einer Party. Tut mir Leid.»
«Ist nicht so schlimm.» Tony wandte sich wieder seinem Bild zu.
Bob zog eine Grimasse.
«Es ist wichtig, Tony. Hat mit meiner Arbeit zu tun. Lord McAshton hat uns zum Essen auf seinen Gutshof eingeladen. Alle werden da sein.»
«Hm-hm», sagte Tony und konzentrierte sich auf die eingekerbten Runen im goldenen Ring des Amuletts. «Alle außer mir.»
Jetzt kam auch Helga zu Tony ins Zimmer. Sie trug ein elegantes schwarzes Kleid und legte gerade ihre Ohrringe an. Bob warf ihr einen viel sagenden Blick zu und zuckte mit den Schultern, als wollte er sagen: Wenigstens hab ich's versucht.
«Lorna ist gerade gekommen», erzählte Helga. «Sie passt auf dich auf, während wir weg sind.»
«Wann kommt ihr wieder?»
«Nicht so spät. Tut mir Leid, mein Kleiner», sagte sie und umarmte ihn.
Tony konnte sich ein Grinsen nicht verkneifen. «Mom, wie oft soll ich dir noch sagen, dass ich nicht mehr dein Kleiner bin?»
«Oh, tut mir Leid, Liebling! Ich vergesse es immer wieder.» Sie nahm Tonys letztes Bild in die Hand. «He! Ich bin beeindruckt! Ich wusste gar nicht, dass du so gut malen kannst.»
Tony betrachtete seine Werke mit kritischem Blick. Sie waren ihm wirklich ziemlich gut gelungen.

«Ich auch nicht», sagte er überrascht. «Irgendwie kam es einfach so aus mir raus.»
Nun nahm auch sein Vater ein Blatt in die Hand. «O nein!», sagte er und zeigte seiner Frau einen Furcht erregenden Vampir mit Umhang, scharfen Eckzähnen und blutunterlaufenen Augen.
«Na, immerhin ist er ziemlich gut gezeichnet», sagte Helga versöhnlich.
«Stimmt, bravo!», sagte Bob und ließ das Blatt Papier wütend fallen. «Nichts als Vampire und Monster! Kein Wunder, dass dich alle für einen komischen Kerl halten.» Er sah Tony streng an. «Weißt du, was? Wenn du mal etwas richtig Tolles malen willst, dann versuch dich doch mal an einem Porträt von Tiger Woods!» Damit machte er auf dem Absatz kehrt.
Erschrocken sah Tony zu seiner Mutter auf.
«Er ist ein bisschen … nun ja, angespannt, Tony», erklärte sie. «Und du bist kein komischer Kerl. Diese Woche ist für Dad äußerst wichtig. Bei seiner Arbeit stehen große Entscheidungen an.» Nachdenklich biss sie sich auf die Lippen. «Es würde ihn sicher entlasten, wenn … wenn er sich nicht dauernd Sorgen zu machen bräuchte über deinen … deinen Vampirtick. Versuch mal, darüber nachzudenken!»
«Aber es ist kein Tick!»
«Tony!»
«Okay, Mom. Ich versuch's.»

Etwa zur selben Zeit – die Sonne ging gerade unter – zerriss ein dumpfes Grollen die Stille in der Nähe des kleinen Dorfs. Ein riesiger roter Lastwagen erklomm wie ein röhrendes Un-

getüm den Hügel, von dem aus man das Dorf überblicken konnte. Oben angekommen, blieb das Ungetüm stehen. Seine breiten, schweren Reifen waren dick mit Schlamm bespritzt.
Es sah aus, als käme es gerade aus einer Schlacht und befände sich auf direktem Wege zur nächsten – und in gewissem Sinn stimmte das sogar. Es war mit den merkwürdigsten Werkzeugen beladen – einem riesigen Bohrer, Suchscheinwerfern, einer Tiefseetaucher-Ausrüstung, einer mehrarmigen, hölzernen Steinschleuder, Knoblauchzöpfen, Kreuzen und Armbrüsten, Laternen, Spaten, Spitzhacken und einem großen Holzhammer.
In der Fahrerkabine steckte sich ein massiger Mann eine dicke Zigarre an, zog daran und grinste breit. Hätte Tony ihn sehen können, hätte er ihn sicher erkannt. Sein Bart war nicht mehr so voll, eigentlich waren es nur noch ein paar unansehnliche Bartstoppeln, und er war modern gekleidet, mit einer Lederjacke, verziert mit Totenköpfen und Federn, und einer engen Hose aus Leder. Um den Hals trug er eine Kette aus scharfen Zähnen – Vampirzähnen.
Er sah aus wie der Vampirjäger aus Tonys Traum – ganz genauso.

Bob und Helga Thompson stiegen aus ihrem Landrover und sahen sich um.
«Das ist ja phantastisch», sagte Bob und übergab einem höflichen jungen Mann die Wagenschlüssel, der gleich darauf einstieg und losfuhr. «Unglaublich, wie sie es geschafft haben, alles rechtzeitig fertig zu kriegen.»
«Bist du dir sicher, dass der junge Mann zum Parkservice gehört? Ich dachte, so etwas gäbe es in Schottland gar nicht»,

sagte Helga, während sie ihrem Wagen nachsah, der in der Dunkelheit verschwand.
McAshtons Gutshof sah grandios aus. Oben auf dem Dach flatterte das Familienwappen der McAshtons in der leichten Abendbrise. Alle Fenster waren erleuchtet und gewaltige Fackeln brannten entlang der mit Kies bedeckten Auffahrt bis zur massiven Eingangstür, an der ein Dudelsackspieler die Gäste mit einer Melodie begrüßte.
Neben ihm stand Lord McAshton persönlich, stattlich und eindrucksvoll im traditionellen Familienkilt, und beäugte die Gäste durch sein Monokel. Seine spärlichen grauen Haare wehten im Wind. Helga fielen besonders seine Augenbrauen auf, die frisch gebürstet zu sein schienen und an dicke, fette Raupen erinnerten.
«Ah, wie schön, dass Sie kommen konnten, Bob, Helma», sagte er und lächelte stolz.
«Helga, Lord McAshton», verbesserte Helga.
«Helga? Ach so, ja, natürlich.» Er zwinkerte ihr zu. «Die Idee mit dem Luftschiff war wirklich gut, finden Sie nicht?»
Bob und Helga drehten sich um und folgten seinem Blick. Hoch über ihnen schwebte ein aufgeblasenes Luftschiff, das die ganze Welt darauf hinwies, was hier Großartiges entstanden war – jedenfalls den Teil der Welt, der hier vorbeikam: GUTSHOF McASHTON – GOLFCLUB UND TAGUNGSZENTRUM prangte in riesigen Buchstaben darauf.
«Ich ...», sagte Helga.
«Mein Ur-ur-ur ...», McAshton zog die Stirn in Falten, «Urirgendwas kannte die Brüder Montgolfier, wissen Sie.»
Der Dudelsackspieler erwischte einen besonders durchdringenden Ton. Helga zuckte zusammen.

«Wunderbare Musik», sagte Bob schnell.
McAshton lächelte.
«So schön rhythmisch, nicht wahr? Das ist es, was dieser neumodischen Technomusik fehlt: Rhythmus.»
«Vielleicht sollten wir einen Dudelsackspieler auf dem Golfplatz einstellen, der die Gäste am ersten Abschlag begrüßt.»
«O ja. Das würde sie sicher sehr entspannen», bemerkte Helga.
«Famos! Mir wird immer wieder aufs Neue klar, warum ich mich so dafür eingesetzt habe, dass Bob aus den Staaten herüberkommt», sagte McAshton. «Er steckt voller Ideen! Ein Mann mit Visionen!» Dann beugte er sich vertraulich zu Helga vor. «Dank seiner revolutionären Vermarktungsstrategie wird es uns gelingen, mit dem Unternehmen eine maximale Gewinnspanne zu erzielen.»
«Wie schön», sagte Helga und lächelte. Bob schob sie schnell ins Haus.
«Hast du eine Ahnung, was McAshton mit den Mondgolfern meinte?», fragte er.
«Nein, ich weiß nur, dass er schon wieder meinen Namen vergessen hatte!»
«Ja, aber immerhin gefällt ihm ...»
«... der aufgeblasene Heini, wie Tony heute Morgen sagte.»

In seinem Zimmer stapelte Tony die gemalten Bilder aufeinander und legte sie beiseite. Dann begann er, mit einem Vampir-Make-up zu experimentieren. Wenn du sie nicht besiegen kannst, versuche ihr Freund zu werden, dachte er sich. Er zog sich einen Vampirumhang über, der zu einem Halloweenkostüm gehört hatte und den seine Eltern wohl nur aus Versehen nicht weggeworfen hatten. Mit seinem Taschenmesser schnitt er ein Paar Vampirzähne aus einem Stück weißer Pappe und schob sie unter seine Oberlippe. Dann prüfte er die Verkleidung im Spiegel. Gar nicht schlecht! Aber was machten Vampire eigentlich, um richtig gruselig auszusehen? Mit einem Arm hob er den Umhang vors Gesicht, zog die Stirn in Falten, riss den Mund auf und fauchte sein eigenes Spiegelbild an. Das war allerdings etwas, das echte Vampire nicht tun konnten.

Es klopfte an der Tür, und gleich darauf wurde die Tür auch schon geöffnet. Es war Lorna, die Frau, die auf Tony aufpassen sollte. Bei seinem Anblick wich sie erschrocken zurück.
«Oh, Himmel, junger Mann!», rief sie aus und hielt sich die Hand vor den Mund. «Mir wäre ja fast das Herz stehen geblieben, so schwach wie es ohnehin schon ist!»
Dennoch schien sie sich schnell zu erholen, lächelte, schlug Tonys Bettdecke zurück und schüttelte das Kopfkissen auf. «Das gehört sich gegenüber der guten alten Miss Lorna doch wohl nicht, oder?»
Sie stemmte die Hände in die Hüften und sah mit gespielter Strenge auf Tony herab.
«Und jetzt ab zum Zähneputzen – und zwar ALLE Zähne, auch die spitzen – und dann husch ins Bett mit dir!»
Mit diesen Worten zog sie sich zurück.
Tony schloss die Tür. «Ins Bett! Als ob ein Untoter das nötig hätte! Ha! Ich denke ja gar nicht daran!»

5. Kapitel

Über den dunklen Feldern flatterte ein einsamer kleiner Vampir in Gestalt einer Fledermaus durch die Lüfte. Ein Fledermausexperte hätte sicherlich bemerkt, dass es sich um eine sehr erschöpfte Fledermaus handelte, die schon sehr, sehr lange unterwegs war und sich dringend ausruhen musste.

Nun ging die Fledermaus erleichtert in einen Sinkflug über, denn sie hatte einen geeigneten Landeplatz erspäht – einen alten Friedhof neben einer Kirchenruine. Alte Grabsteine, von Efeu umrankt, ragten wie abgebrochene Zähne in die mondhelle Nacht. In zerfallenem Mauerwerk hausten Mäuse. Büsche und Bäume trieben ihre knorrigen Wurzeln über leere Gräber und Pfade. Nebelschwaden zogen durch die kühle Luft, wie müde Gespenster, die sich auf dem Heimweg verirrt hatten.

Kein vernünftiger Mensch hätte es gewagt, sich zu nächtlicher Stunde an diesem Ort aufzuhalten. Sogar der Friedhofswärter kam nur selten hierher. Lieber hielt er sich im Pfarrhaus auf, einem verfallenen alten Gebäude, das verkauft werden sollte. Das Schild ZU VERKAUFEN hatte man allerdings vorsichtshalber hundert Meter weiter weg an die Straße gestellt.

Die kleine Fledermaus flatterte über das verlassene Kirchenschiff und landete, schwer atmend, auf einem brüchigen Rundbogen. Dann sah sie sich mit ihren schwarzen Augen um. Sie sog die würzige Luft ein und zuckte mit der Nase. Endlich! Ein stilles Plätzchen, an dem sie sich ausruhen konnte …

Doch dann erfasste sie ganz plötzlich ein furchtbar grelles Licht. Ein Suchscheinwerfer! Sein Strahl zuckte mal hierhin, mal dorthin, durchteilte den Nebel und schoss über Steine und Mauern, Grabsteine und Kreuze. Das blendend weiße Licht erreichte alle Winkel und Nischen, bis es die kleine Fledermaus in ihrem Schlupfloch fand, wo sie die Flügel schützend vor die Augen gehoben hatte.

Der Fledermaus blieb keine Wahl. Sie fiepte und ließ sich fallen, eine taumelnde Kugel aus Fell, Krallen und Zähnen. Sie landete im kühlen Schatten hinter einem Grabstein. Dort breitete sie die Flügel aus, fächelte sich Luft zu und hüpfte hin und her in dem verzweifelten Bemühen, dem Lichtkegel zu entgehen. Aber der grausame Strahl folgte ihr.

Es war Geiermeier, der in der Fahrerkabine seines Lasters saß und den Suchscheinwerfer bediente, eine Zigarre zwischen die grinsenden Lippen geklemmt. Die Schweinsäuglein konzentriert zusammengekniffen, versuchte er, der kleinen Kreatur auf ihrer wilden Flucht zu folgen.

«Meinst wohl, dass du mir entwischen kannst, was?», sagte er. «Wart's ab!»

Er betätigte einen Schalter. Auf dem Wagendach setzte sich eine große verkabelte Scheibe in Bewegung und begann sich zu drehen, wie ein Radargerät. In der Fahrerkabine starrte Geiermeier auf einen summenden, flackernden Monitor am Armaturenbrett.

«Nun komm schon!», fluchte er und schlug ungeduldig mit der flachen Hand auf den Monitor. Der Monitor schaltete sich ein und leuchtete in einem orangefarbenen Licht. Ein winziger weißer Fleck tanzte darauf herum und bewegte sich immer weiter vom Zentrum weg, bis er ganz von der Bildfläche verschwand, die nichts anderes darstellte als den in

einen Computer eingespeicherten Grundriss des Friedhofs.
«Jetzt hab ich dich, du fliegende Ratte! Zieh dich schon mal warm an!»
Mit einem fürchterlichen Knirschen im Getriebe legte er den ersten Gang ein und fuhr los. Immer wieder sah er auf den Monitor des Fledermaus-Detektors. Der riesige Laster holperte über einen Feldweg und bog in eine Straße ein.
Die Fledermaus konnte sich kaum noch in der Luft halten, geschweige denn in sicherer Entfernung vor Geiermeier, aber sie schlug mit den Flügeln, so schnell sie nur konnte. Hinter sich konnte sie den dröhnenden Laster hören.
Geiermeier drückte das Gaspedal bis zum Anschlag durch. Rauch quoll aus dem Auspuff, und Dutzende von Scheinwerfern und Lichtern erleuchteten den Laster wie einen Weihnachtsbaum, der durch die von Bäumen gesäumten Straßen röhrte. Mit einer Hand hielt Geiermeier das Steuer umklammert, mit der anderen bediente er den Suchscheinwerfer, um die flüchtende Fledermaus nicht aus den Augen zu verlieren.
Nach Luft ringend und von einer Seite zur anderen taumelnd, versuchte die Fledermaus, dem Lichtstrahl zu entgehen. Sie nutzte jeden Schatten, der sich bot. Aber sie konnte keinen sicheren Rastplatz erspähen, sodass ihr nichts anderes übrig blieb, als immer weiter zu fliegen.
Doch auf Dauer konnte sie nicht schneller sein als Geiermeier. Nur vielleicht klüger ... Und plötzlich sah sie eine Chance vor sich: eine Lücke zwischen zwei Bäumen, die für den Laster zu schmal war, ein umzäuntes Feld!
Die Fledermaus flog eine scharfe Kurve und flatterte über eine Zauntür, dann glitt sie – so tief wie nur irgend möglich –

an einer Hecke entlang. Sie wusste, dass Geiermeier sie hier nicht sehen konnte.
Völlig perplex spuckte Geiermeier den Zigarrenstumpen aus. Er riss das Steuer herum und schoss durch die Zauntür. Splitternde Holzbalken flogen hoch in die Luft. Einer krachte an die verkabelte Scheibe des Fledermaus-Detektors und knickte sie ab. Der Laster rammte einen Wassertrog, und das Wasser spritzte in die Höhe.
Fluchend kurbelte Geiermeier am Steuer. Der Laster rutschte und glitschte über die feuchte Erde, der Motor heulte auf, die Räder drehten durch, der hintere Teil des Wagens schlug unkontrolliert zur Seite aus, und dann versank das Fahrzeug ganz langsam bis zu den Radachsen im Schlamm. Es steckte fest.
Aber nur vorübergehend, denn Geiermeier hatte alles dabei, was er brauchte. Zum Beispiel einen Hebekran, mit dem er sich selbst aus dem Morast ziehen konnte. Aber das kostete ihn wertvolle Zeit.
Schwer atmend suchte er den Monitor des Fledermaus-Detektors ab. Er war schwarz. Geiermeier klopfte ein-, zweimal auf das Gerät, dann schlug er mit der Faust darauf herum, was aber nur bewirkte, dass er selbst sich besser fühlte – sonst passierte nichts.
Vor sich hin fluchend suchte Geiermeier mit dem Scheinwerfer die Gegend ab.
Die Fledermaus flog durch die kühle Nachtluft, mal höher, mal tiefer und immer wieder die Richtung ändernd. Es fehlte nicht viel und sie wäre vor Erschöpfung abgestürzt, aber sie musste Geiermeiers Missgeschick ausnutzen und so viel Vorsprung gewinnen wie nur irgend möglich.
Aus der Ferne streifte sie der Suchscheinwerfer einmal flüch-

tig, aber dann wanderte er weiter und tauchte ein großes, einem Schloss ähnelndes Haus in grelles Licht. Ganz oben im Turm brannte noch Licht. Es war Tonys Schloss! Tonys Zimmer! Der Lichtstrahl hielt hier für einen Moment inne, dann wanderte er weiter und zuckte über den Himmel.
Normalerweise würde die Fledermaus Menschenbehausungen meiden, aber dies war ein Notfall. Sie flatterte über den Rasen, über die Rosensträucher, über die Auffahrt, wo Helgas Wagen stand, und dann zum Turm. Sie wollte auf der anderen Seite des Schlosses weiterfliegen, wo Geiermeier sie nicht mehr orten konnte, und so in Sicherheit gelangen.
Aber dann blieb sie wie ein Kolibri im Schwirrflug auf der Stelle stehen.
Hinter dem Fenster sah sie einen Vampir! Und nicht nur das: Der Vampir hatte ein Opfer gefunden und war drauf und dran, sich an ihm zu stärken!

6. Kapitel

Tony stolzierte durch sein Zimmer, mit erhobenen Armen und ausgebreitetem Umhang, und zeigte seinem Opfer die Pappzähne. Das Opfer war sein Teddybär, der auf dem Bett lag und Arme und Beine von sich streckte.
Ein leises Klopfen an der Fensterscheibe ließ Tony aufschrecken. Er drehte sich zum Fenster um, konnte aber nichts Ungewöhnliches entdecken. Da draußen war nur die schwarze Nacht.
Also konzentrierte er sich wieder auf das, was er sich vorge-

nommen hatte. Der Teddybär lag auf dem Bett. Tony brauchte ihm nur noch in den Hals zu beißen. Er beugte sich vor.
Ein blendend weißer Strahl aus Geiermeiers Suchscheinwerfer traf das Fenster und warf den Schatten einer riesigen Fledermaus an die Zimmerwand. Tony wirbelte mit angstverzerrtem Gesicht herum und drückte den Teddybär schützend an sich, aber er konnte nichts sehen, weil das Licht ihm genau in die Augen schien und ihn blendete. Der Strahl wanderte weiter, so schnell, wie er gekommen war. Tony stand da und blinzelte. Was ging hier vor?
Als seine Augen sich erholt hatten, sah er, dass das Fenster sperrangelweit offen stand, viel weiter als vorher.
Die Vorhänge flatterten im Wind. Tony fröstelte. Er streckte seine Hand nach dem Fenstergriff aus, als er hinter sich eine atemlose, etwas nasale Stimme hörte.
«Zu welchem Clan gehörst du, Bruder?», fragte die Stimme.
Tony erstarrte. Ein Fremder war in seinem Zimmer!
«Hallo?», sagte er und bewegte sich langsam vom Fenster fort, während seine Blicke alle Winkel des Zimmers absuchten. Er kniete sich hin und sah unter das Bett. Nichts! Nervös ging er weiter. Der schwere Eichenschrank … Bewegte sich da nicht eine Tür? War jemand hineingekrochen und wartete jetzt nur darauf, sich auf ihn zu stürzen? Er überlegte, ob er einfach weglaufen und bei Lorna Schutz suchen sollte.
Da! Am Kamin bewegte sich etwas. Das Eisengestell mit den Kaminutensilien! Die Zange und der Besen schaukelten leicht hin und her.
Tony starrte in die dunkle Kaminöffnung – und plötzlich blieb ihm der Mund offen stehen. Da saß ein Junge, viel-

leicht neun oder zehn Jahre alt, mit einem extrem blassen Gesicht und strubbeligen, kohlrabenschwarzen Haaren. Seine Kleidung war merkwürdig altertümlich: Er trug eine lila Hose, ein tailliertes Jackett und hohe Lederstiefel. Und er sah seltsam vertraut aus …

Es war der mutige, unerschrockene Junge aus seinem Traum!

Nur seine Nase sah jetzt anders aus, wie die einer Maus. Oder einer Fledermaus. Tony schüttelte verwirrt den Kopf. Ob er schon zu Bett gegangen war, ohne es selbst gemerkt zu haben? War dies ein Traum, in dem er sich befand?

«Ist das grässliche Licht weg?», fragte der Junge. Es war nicht mehr als ein dünnes Fiepen. Er selbst schien darüber zu erschrecken. Dann schielte er auf seine Nase.

«O nein! Ich habe mich bloß halb zurückverwandelt!»

Er schlug sich mit der flachen Hand an die Stirn. PLOP! Seine Nase nahm eine menschliche Form an, und seine Rückverwandlung war komplett.

Tony war so überrascht, dass er ihn mit offenem Mund anstarrte. Dabei fielen ihm die Vampirzähne heraus.

«Wer bist du?», stammelte er. «Ein echter Vampir?»

Der Vampir sah Tony unsicher an. Dann zischte er: «Du bist ja gar kein Bruder!»

«Aber eine Schwester bin ich auch nicht», sagte Tony.

«Du bist ein Mensch!», stieß der Vampir aus. Er klapperte mit den Zähnen. «Du bist voll mit richtigem Blut», sagte er und zitterte, als ihn der süße Schmerz eines uralten Verlangens überkam.

«Und dabei soll's auch bleiben!», sagte Tony und ging vorsichtig ein paar Schritte zurück. Dann drehte er sich plötzlich um und rannte zur Tür. SSST!

Plötzlich hing der Vampir kopfüber am Türrahmen und versperrte den Ausgang. «Tut mir Leid», sagte er schwach, «aber das kann ich nicht zulassen.»
Tony war stehen geblieben und wusste nicht, was er tun sollte.
Auf einmal ließ sich der Vampir vom Türrahmen fallen, rollte sich zusammen, landete mit dem Rücken auf dem Fußboden und stöhnte.
Tony hörte, wie er leise vor sich hin murmelte. Es hörte sich an wie: «Ich darf nicht. Darf ihn nicht beißen. Wäre ein Fehler. Muss fliehen. Darf ihn nicht beißen.»
Tony schwankte zwischen Angst und Neugier, aber schließlich siegte die Neugier. Er ging auf den fast ohnmächtigen kleinen Vampir zu und beugte sich über ihn.
Die Augen des Vampirs glitzerten wie Kohlekristalle, und er krümmte sich ängstlich zusammen, wobei er die blassen Hände schützend über die Herzgegend legte, als fürchtete er einen Angriff.
Aber der Angriff blieb aus.
«Brauchst du Hilfe?», fragte Tony.
«Hilfe?» Der Vampir sah ihn durch argwöhnisch zusammengekniffene Augen an. «Was für eine Sorte Mensch bist du?» Er versuchte, sich aufzusetzen.
«Ich hab dich im Traum gesehen», sagte Tony.
«Muss ein Albtraum gewesen sein», antwortete der Vampir.
«War's auch», bestätigte Tony.
«Ich muss gehen», sagte der Vampir plötzlich. Er sprang auf die Füße, rannte quer durchs Zimmer und stürzte sich aus dem Fenster. Er wollte sich in die Höhe schwingen und fliegen, aber das misslang ihm gründlich, denn er plumpste wie

ein nasser Sack nach unten, wobei seine Arme und Beine wie Windmühlenflügel in der Luft herumruderten.
Tony rannte zum Fenster. Da lag sein mysteriöser Besucher, alle viere von sich gestreckt, gut sieben Meter weiter unten im Gras. Er sah furchtbar hilflos aus. Tony war klar, dass er etwas tun musste.
Er schaltete das Licht in seinem Zimmer aus und ging ins Treppenhaus. Leise schlich er über den Holzfußboden und die Treppe ins Erdgeschoss. Bei jedem Geräusch zuckte er zusammen. Lorna durfte ihn nicht bemerken, sonst würde sie ihn sofort wieder in sein Zimmer zurückschicken.
An der Wohnzimmertür blieb er stehen und lugte vorsichtig um die Ecke. Lorna saß schläfrig vor dem großen Fernseher und stopfte sich geistesabwesend Kartoffelchips in den Mund. Sie sah sich einen alten Film an, und glücklicherweise war er gerade an einer besonders spannenden Stelle.
Tony schlich weiter zur Haustür, öffnete sie leise, huschte nach draußen und schloss die Tür hinter sich, auch wieder ganz leise. Im nächsten Moment hätte er sich am liebsten selbst geohrfeigt. Er hatte sich ausgeschlossen! Na gut, darüber würde er sich später Sorgen machen. Vielleicht würde er Lorna gegenüber behaupten, er sei aus dem Fenster gefallen.
Es war kühl, aber nicht zu kühl. Das war gut so, denn Tony trug nur eine kurze Hose und ein T-Shirt. Er ging an den Büschen entlang zu der Stelle, wo der kleine Vampir lag. Er schien sich zu bewegen.
«Alles in Ordnung?», fragte Tony.
Der Vampir stöhnte, als er versuchte, sich aufzurichten. «Sehe ich etwa so aus?», fragte er schwach. Dann schüttelte er ein paar Mal den Kopf, um wieder klar denken zu können.
Plötzlich war der Lichtstrahl wieder da. Diesmal kam er von

der Straße her, wo man jetzt auch einen schweren Wagen hören konnte.

«O nein!», sagte der Vampir. «Er ist immer noch hinter mir her!»

Geiermeier hatte seinen Laster aus dem matschigen Feld befreit und war auf Vampirjagd. Der Suchscheinwerfer erhellte den Himmel mal hier, mal da. Der kleine Vampir versuchte, sich ins Gebüsch zu schleppen, schaffte es aber nicht. Tony musste ihn ziehen. Aus diesem relativ sicheren Versteck heraus beobachteten sie, wie der Laster auf der Straße vorbeidonnerte und dabei einen Lärm machte wie eine alte Eisenbahn im Wilden Westen.

«Wer ist das?», flüsterte Tony.

«Geiermeier», sagte der kleine Vampir.

Der Name kam Tony bekannt vor.

«Er ist der gefährlichste Vampirjäger überhaupt. Ständig verfolgt er uns.»

Plötzlich sackte der Vampir in sich zusammen. Sein Atem ging nur noch stoßweise.

«Ich helfe dir zu fliehen», sagte Tony.

Mit schmerzverzerrtem Gesicht sah der Vampir zu ihm auf und schien sich darüber klar zu werden, dass ihm gar nichts anderes übrig blieb, als diesem merkwürdigen Menschen zu vertrauen.

«Weißt du», fragte er zwischen kurzen, heftigen Atemzügen, «wo ich eine Kuh finden kann?»

«Eine Kuh?», wiederholte Tony verdutzt. «Also, wenn du ein Glas Milch haben möchtest, kann ich dir …»

«Keine Milch», sagte der Vampir und schloss die Augen, als wäre er einer Ohnmacht nah. «Ich brauche eine Kuh.»

Tony runzelte nachdenklich die Stirn.

7. Kapitel

Fünf Minuten später zog Tony den Vampir in seiner großen Spielzeugkarre über das Feld von Bauer McLaughlin. Das war gar nicht so einfach angesichts der Grasbüschel, der vielen Pfützen und der tiefen Spurrillen von McLaughlins Trecker. Außerdem versuchte Tony, die großen Kuhfladen zu umfahren.

Der kleine Vampir war kaum noch bei Bewusstsein. Er saß vornübergebeugt und hatte den Kopf zwischen den Knien. Das war nicht gerade eine Hilfe. Er war auch ziemlich schwer, sodass Tony es wirklich nicht leicht hatte. Zwischendurch hielt er immer wieder nach dem großen Laster Ausschau, aber nach den Lichtstrahlen zu urteilen, die kreuz und quer durch den Wald zuckten, schien Geiermeier über einen Kilometer entfernt zu sein. Vielleicht hatte ihn eine Eule in die Irre geführt.

Am Horizont zeichnete sich die Silhouette von Bauer McLaughlins Kuhstall ab. Tony war nach Sonnenuntergang fast nie draußen, dafür war er noch ein bisschen jung, und wenn er nachts unterwegs war, dann im Wagen seiner Eltern. Umso überraschter war er jetzt, wie gut man im Dunkeln sehen konnte. Natürlich lag das auch am Mond, der immer heller wurde. Schon in ein paar Tagen würde Vollmond sein, wenn es stimmte, was Mr. Boggins gesagt hatte. Aber auch jetzt konnte man ganz genau erkennen, was Gras war, wo Spurrillen verliefen, wo Hecken, Bäume und Zäune standen. In der Stadt oder auch wenn man nachts im Auto fuhr, erleuchteten die Straßenlaternen und Autoscheinwerfer die Straße und die umliegenden Häuser, während alles andere in

Schwarz getaucht war, sogar der Himmel. Dabei war er gar nicht schwarz, wenn man genau hinsah, sondern ganz tief dunkelblau, ein magisches Dunkelblau, das voller Leben zu sein schien.

Nun waren sie an der Stalltür angekommen.

«Geschafft», sagte Tony. Er atmete schwer, aber er war auch stolz auf sich. «Da hast du deine Kühe.» Er drückte die quietschende alte Tür auf. Der schwere, warme Geruch lebender Tiere schlug ihnen entgegen.

Fünf große, schwarz-weiße Kühe standen hinter alten Holztrögen voller Heu und glotzten die Jungen desinteressiert an, ohne sich beim Kauen stören zu lassen. Tony fand, dass sie eine gewisse Ähnlichkeit mit Lorna hatten. Bei dem Gedanken musste er kichern.

«Danke», sagte der Vampir und sah ihn ganz merkwürdig an.

«Was willst du jetzt tun?», fragte Tony, als er dem geschwächten Vampir half, aus der Karre zu klettern.

«Zuerst muss ich sie hypnotisieren.»

«Hypnotisieren? Wow!» Tony fand, dass die Kühe schon jetzt ziemlich hypnotisiert wirkten. «Warum das denn?»

«Sonst könnten sie anfangen zu muhen und die Sterblichen auf uns aufmerksam machen. Aber bitte keine weiteren Fragen mehr! Ich muss mich beeilen.»

Der Vampir entschied sich für die dicke Mitsy. Der Name stand auf einem Stecker in ihrem Ohr. Fasziniert sah Tony zu, wie der Vampir seine Hand vor ihrem Gesicht hin und her bewegte. Es war eine schnelle, fließende Bewegung, so, als hätte Rüdiger mindestens sieben Hände.

Mitsy hörte auf zu kauen, und ein bisschen Heu fiel ihr aus dem offenen, sabbernden Maul. Mit ihren riesigen, sanften braunen Augen versuchte sie, den Handbewegungen des Vampirs zu folgen, aber dann gab sie es auf. Ihre Lider senkten sich, und weg war sie, auf Wanderschaft im üppig grünen Weideland des Kuhparadieses.

«Und jetzt?», fragte Tony.

Anstelle einer Antwort ging der Vampir um die Kuh herum, streichelte ihren Hals, öffnete seinen Mund so weit, bis die Vampirzähne entblößt waren – und biss zu. Genüsslich schloss er die Augen und trank das warme Blut.

«Iiih! Das ist ja ekelhaft!», sagte Tony.

Der Vampir sah ihn verblüfft an und wischte sich den Mund ab. «Wieso? Du isst doch auch Fleisch, oder?»

«Das ist was ganz anderes!»

«Was soll denn daran anders sein?»

«Immerhin braten wir es vorher.»

«Iiih! Dann wird es ja ganz trocken und schrumpelig!»

Tony hatte keine Lust, sich länger über dieses Thema zu streiten. Er war sich ganz sicher, dass Fleisch essen etwas vollkommen anderes war. Auf jeden Fall wollte er nicht weiter zusehen, denn er hatte das Gefühl, dass ihm gleich schlecht würde.

«Ich warte draußen», sagte er, «bis du … bis du fertig bist.»

Er drehte sich um und rannte aus dem Kuhstall, die Hände vor den Mund gepresst. Er rannte bis zur Straße, um das Schlürfen nicht mehr zu hören. Dann atmete er ein paar Mal tief durch. Jetzt fühlte er sich wieder besser.

Eine Weile stand er ganz ruhig da und sah zu den Sternen und der Silhouette der Hügelkette hinauf, die sich gegen den Nachthimmel abzeichnete. Es war sehr still, aber ein paar Geräusche waren doch zu hören. Irgendwo zischte etwas,

wahrscheinlich ein landwirtschaftliches Gerät auf einem der umliegenden Bauernhöfe.
Aber als Tony sich umsah, bemerkte er ein großes, dunkles Etwas auf der Straße, ungefähr hundert Meter hügelaufwärts. Es war kein Haus, keine Hütte, keine Scheune, wie er zuerst dachte. Rauch schien daraus hervorzuquellen. Tony starrte angestrengt in die Dunkelheit. Das Ding schien auf sehr großen Rädern zu stehen.
Plötzlich wurde er von grellen Lichtern erfasst.
Schützend hielt er einen Arm vor die Augen. Schon wieder dieser Geiermeier! Mit einem donnernden Grollen, wie von einem riesigen Drachen, ließ Geiermeier den Wagen an und fuhr direkt auf Tony zu – schneller und schneller.
Geiermeier grinste. «Ach, ein Winzling … Na, macht nichts. Dich hab ich gleich, du kleiner Blutsauger.»
Tony drehte sich um und rannte um sein Leben. Der Laster wurde immer schneller, und Tony war nur ein achtjähriger Junge mit ziemlich kurzen Beinen, der Laster dagegen riesengroß, und dazu fuhr er auch noch abwärts.
Panik überkam Tony. Was konnte er tun?
Der Laster kam näher und näher …
WUUUSCH!
Tony wusste nicht, was passiert war. Ihn traf ein Windstoß, etwas berührte ihn an der Seite und warf ihn fast um.
Er verlor das Bewusstsein und hatte das Gefühl zu fallen. Aber er fiel aufwärts! Er schlug nicht auf dem Boden auf, sondern schien geradewegs in den Himmel zu fallen.
Geiermeier brachte sein gewaltiges Fahrzeug abrupt zum Stehen.
Er stieg auf den Fahrersitz und steckte den Kopf durch das

Schiebedach, um in den Himmel hinaufzublicken. Vergeblich ließ er seinen Suchscheinwerfer kreisen.
«Du kannst fliegen, aber verstecken kannst du dich nicht!», brüllte er. Wütend griff er nach seiner Armbrust und schoss. Der eiserne Pfeil verlor sich mit einem zischenden Laut in der Dunkelheit.

8. Kapitel

Die große Party auf dem Gutshof McAshtons war in vollem Gang. Ein Streichquartett in mittelalterlichen schottischen Gewändern spielte traditionelle Weisen. Elegant gekleidete Gäste in Smokings und teuren Ballkleidern beäugten sich gegenseitig und warteten nur darauf, dass jemand sich daneben benahm, um dann miteinander zu tuscheln und zu kichern. Wie Schulkinder.
Helga fühlte sich ziemlich unbehaglich, weil alle sie anstarrten. Vielleicht beneidete man sie und Bob als Fremde und Außenseiter darum, dass sie mit zwei der wichtigsten Säulen der guten Gesellschaft zusammenstanden. Es waren Lord McAshton und der Pfarrer, Reverend Penhaligon, der von einer wenig aufregenden Golfpartie berichtete.
Bob nickte beflissen, aber Helgas Blick schweifte in die Ferne. Sie hatte Golf noch nie leiden können, wobei sie sich allerdings große Mühe gab, sich das nicht anmerken zu lassen.
Eine piepsige Stimme ertönte. «Canapés, die Dame?» Helga sah nach unten und erblickte zwei niedliche Jungen, die Tabletts hochhielten.

«Ah!», sagte Lord McAshton – dankbar für die Unterbrechung der endlosen Pfarrersgeschichte. «Das sind meine Enkelsöhne. Nigel und Flint, ich möchte euch Mr. und Mrs. Thompson vorstellen, Tommys Eltern.»
Helga sah Bob mit hochgezogenen Augenbrauen an. «Er heißt Tony», sagte sie zu den Jungen.
«Die beiden haben mir erzählt, dass sie bereits dicke Freunde Ihres Sohnes sind», sagte McAshton und strahlte.
«Er ist unser liebstes Spielzeug», sagte Nigel.
«Unser liebster Spielkamerad», korrigierte Flint.
McAshton sah auf die Uhr. «Ich muss schon sagen, meine Lieben, ist es nicht längst Zeit für euch, ins Bett zu gehen?»
Nigel verbeugte sich vor Helga und sagte mit treuherzigem Augenaufschlag: «Ich freue mich, dass ich Sie kennen gelernt habe, Mrs. Thompson. Bitte bestellen Sie Tony, dass wir uns schon darauf freuen, morgen wieder mit ihm zu spielen.»
«Ja, das werden wir morgen gleich als Erstes tun», sagte Flint, und kichernd zogen die beiden ab.
«Was für nette Jungs!», sagte Helga.
«Spielen sie auch schon Golf?», fragte Bob. «Vielleicht kann Tony ja mal ein paar Runden mit ihnen spielen.»
«Um ihn auf andere Gedanken zu bringen?», sagte eine fremde Stimme. Helga und Bob drehten sich um und sahen Mr. Boggins, Tonys Klassenlehrer. «Damit er nicht immer nur an Vampire denkt?»
«Wie bitte?», fuhr Lord McAshton erschrocken auf. «Was sagen Sie da?»
«Vampire», wiederholte Mr. Boggins.
«Ach, manchmal träumt er schlecht», sagte Bob etwas verärgert.

«Das sind nicht nur schlechte Träume, Mr. Thompson», sagte Mr. Boggins mit erhobenem Zeigefinger, um seinen Worten mehr Gewicht zu verleihen. «Tony hat ernsthafte Probleme. O vielen Dank», sagte er, als ein Diener sein Glas auffüllte. «Er hat sich in Wahnvorstellungen hineingesteigert, und er hat regelmäßig Albträume.»

«Das ist doch ganz normal bei Jungen in seinem Alter», entgegnete Helga.

«Bei allem Respekt», sagte der Lehrer. «Aber ich bin hier der Fachmann, bei mir zu Hause hängen mehrere pädagogische Diplome an der Wand.»

«Bei allem Respekt», flüsterte Helga wütend, «genau da werden Sie auch gleich hängen!»

«Ihr Sohn hat Probleme!», beharrte Mr. Boggins.

McAshton nahm Bob beiseite. «Hören Sie, Thompson, wir wünschen hier kein Gerede über Vampire», flüsterte er erregt. Dabei blickte er sich prüfend um, ob einer der wichtigen Investoren, die er eingeladen hatte, etwas von dem Gespräch mitbekommen hatte.

«Aber Lord McAshton, wir haben doch nur ...»

«Nur? Nur? Ihr Amerikaner habt gut reden! Am Ende denken die Investoren noch, hier im schottischen Hochland wären wir abergläubisch, altmodisch und provinziell!»

«Aber wir haben überhaupt keine Probleme mit Tony», sagte Bob nachdrücklich.

«Nun, für mich hört es sich so an, als ob Ihr Sohn ein ziemlicher Traumtänzer sei», sagte Lord McAshton mit einer wegwerfenden Handbewegung. «Dumme Hirngespinste! Tun Sie mir den Gefallen und zügeln Sie seine Phantasie!»

Zur selben Zeit sah der kleine Vampir auf Tony hinab, der mit fest geschlossenen Augen auf dem Rücken lag und das Gefühl hatte, dass irgendwas nicht stimmte. Ganz und gar nicht stimmte.

«Was ist mit mir?», fragte er kläglich. «Hat er mich überfahren?»

«Alles in Ordnung», sagte der kleine Vampir. Seine Stimme war jetzt laut und klar, ganz anders als das dünne, schwache Stimmchen, das Tony gehört hatte, bevor der Vampir von der Kuh getrunken hatte. «Du kannst die Augen aufmachen!»

Am liebsten hätte Tony sich gar nicht bewegt und auch sonst nichts getan. Trotz der Worte des Vampirs war er sich ganz sicher, dass er platt wie eine Flunder auf der Straße lag, nachdem Geiermeier ihn mit seinem Monsterlaster überfahren hatte. Sein Magen zum Beispiel hing ihm irgendwo auf Kniehöhe, und er wollte lieber nicht wissen, wie das aussah. Da er aber keine Schmerzen hatte, machte er die Augen ganz langsam und vorsichtig auf und riskierte einen kurzen Blick. Kein Laster weit und breit. Kein Kuhstall, keine Straße, und sein Körper sah so aus wie immer. Zur Sicherheit rieb er sich den Bauch und die Brust und den Kopf. Alles saß an der richtigen Stelle und war unverletzt! Er hatte sogar seine Brille auf!

Über ihm funkelten Millionen von Sternen am Himmel, und der helle Mond schien auf ihn herab wie ein guter alter Freund. Den Kometen aus seinem Traum konnte er auch sehen, ein schwacher Silberstreifen, der durch die Nacht zog.

«Wow!», rief Tony und richtete sich auf.

«Toller Anblick, was?», sagte der kleine Vampir, der sehnsüchtig zu dem Kometen aufschaute.

«Das kann man wohl sagen, Alter», antwortete Tony.
«Alter?», wiederholte der kleine Vampir. «Ich heiße Rüdiger!»
«Rüdiger?»
«Ja! Rüdiger von Schlotterstein. Und wie heißt du?»
«Tony.» Tony räusperte sich. «Und was ich noch sagen wollte, ähm, danke, Rüdiger! Ich glaube, du hast mir das Leben gerettet. Wenn du nicht gewesen wärst, dann … nun ja, ich glaube, der Laster hätte mich platt gemacht.»
«Ach was!», sagte der kleine Vampir. «Ich bin derjenige, der sich bedanken muss. Wenn du mich nicht zu den Kühen geführt hättest, wärst du gar nicht in Gefahr geraten. Aber du hast es getan und mich gerettet. Du hast mir wirklich das …»
Rüdiger hörte plötzlich auf zu sprechen und lächelte wehmütig. «Na ja, jedenfalls hast du mich gerettet. Ohne dich läge ich jetzt irgendwo und würde immer schwächer und schwächer.» Er schauderte. «Wahrscheinlich hätte Geiermeier mich erledigt. Also gebührt mein Dank dir.»
Tony brauchte etwas Zeit, um das zu verdauen. Dann dachte er: Wow! Wahrscheinlich habe ich Rüdiger wirklich einen Dienst erwiesen. Und das würde bedeuten, dass wir sozusagen Freunde sind!
«Schlag ein!», sagte er.
«Wo?»
«Gib mir die Hand!» Tony streckte seine Hand aus, und Rüdiger schlug nach kurzem Zögern ein. Seine Hand fühlte sich merkwürdig trocken und staubig an, wie altes Papier.
Tony legte sich wieder hin und sah zu den Sternen hoch. Ein regelrechtes Glücksgefühl machte sich in ihm breit. Nur eine Sache beschäftigte ihn noch. «Sag mal, Rüdiger, du bist doch ein richtiger, echter Vampir, oder?»

«Ja», antwortete Rüdiger zögernd. «Warum fragst du?»
«Na ja, ich wusste nicht, dass Vampire auch Rinderblut trinken. Ich dachte immer, es müsste Menschenblut sein … meins zum Beispiel.»
Der kleine Vampir sagte nichts.
Tony überlegte, ob er etwas Falsches gesagt hatte. Er wusste, dass es nicht richtig war, sich über anderer Leute Essgewohnheiten lustig zu machen. «Tut mir Leid, wenn ich dich beleidigt habe …»
«Nein, nein», sagte Rüdiger. «Wir begnügen uns eben mit Rinderblut. Weißt du, wir finden es nicht in Ordnung, Menschen anzuzapfen.»
«Nicht in Ordnung? Aber dafür sind Vampire doch da!», sagte Tony.
Rüdiger schüttelte den Kopf. «Es ist nicht mehr so wie früher. Die Menschen heute haben kein Verständnis für uns. Wenn heutzutage jemand Bisswunden entdeckt, setzt gleich eine große Hetzjagd ein. Da ist es besser für uns, ganz unauffällig im Hintergrund zu bleiben. Es gibt ja sowieso nur noch so wenige von uns, dass wir vom Aussterben bedroht sind.»
Tony machte ein betroffenes Gesicht. «Tut mir wirklich Leid», sagte er. «Ich wollte dich nicht aushorchen, aber …»
Plötzlich hörte er auf zu sprechen und befühlte den Boden, auf dem er saß. Er war ganz wabbelig und fühlte sich an wie Gummi. Er sah sich genauer um. Es hatte den Anschein, als ob er auf einem Hügel säße, aber zwischen ihm und dem Horizont war nichts zu sehen, keine Bäume oder Häuser.
«Wo sind wir überhaupt?», fragte er.

«Keine Ahnung, wie diese Dinger heißen», antwortete Rüdiger. «Sie sind riesengroß und voller Luft.»
«Fühlt sich an wie ein Trampolin.» Tony wippte ein paar Mal auf und ab. «Oder wie eine Hüpfburg.»
Jedenfalls fühlte es sich ziemlich gut an.
Er stand auf und sprang. Der Vampir sah ihn verwundert an, als er wie ein Känguru vor ihm auf und ab hüpfte.
«Eine Burg ist es bestimmt nicht», sagte Rüdiger skeptisch. «Es hat ja gar keine Wehrtürme, und außerdem würde es bei einem Pfeilangriff platzen.»
«Kennst du keine Hüpfburgen?», fragte Tony, während er immer kraftvollere und höhere Sprünge wagte. «Kinder mögen sie, weil man gut darauf herumhüpfen kann. So, guck doch mal!»
Rüdiger wurde immer skeptischer. «Für sterbliche Kinder kommt mir das äußerst gefährlich vor.»
«Gefährlich? Was soll daran denn gefährlich sein?» Tony schnaubte verächtlich. «Obwohl ... normalerweise haben diese Dinger Seitenwände, damit man nicht runterfällt. Vielleicht ist dies hier doch etwas anderes.»
«Wie nennt man solche Dinger, die ganz dick aufgeblasen sind und ein bisschen wie ein riesiger Ball aussehen?»
«Ich weiß nicht. Verrat's mir.»
«Das war keine Rätselfrage», antwortete Rüdiger, «sondern eine echte.»
«Meinst du einen ... einen Ballon? Oder vielleicht so ein großes, fliegendes Reklameding?» Tony überlegte. «Mein Vater hat gerade eins machen lassen.»
«Schwebt es über einem Gutshof?»
«Genau!»
«Dann wird's das wohl sein.»

«UAAAH!», schrie Tony, denn in diesem Moment sah er selbst, wo sie waren. In Todesangst klammerte er sich an Rüdiger fest.

Tief unter sich konnte er die hellen Lichter von Lord McAshtons Anwesen erkennen, die die gesamte Umgebung beleuchteten. Er konnte sogar die Musik hören und die Stimmen der Partygäste.

«O nein!», stöhnte er. Und Mom und Dad waren da unten!

Er glaubte, seinen eigenen Augen nicht trauen zu können, aber er schwebte tatsächlich hoch über den Bäumen, mitten auf dem Reklame-Luftschiff, das sich sein eigener Vater ausgedacht hatte. GUTSHOF McASHTON – GOLFCLUB UND TAGUNGSZENTRUM verkündete es der Welt. Tony konnte sogar den oberen Rand der Buchstaben sehen. Vielleicht wies sein Vater gerade jetzt einen anderen Gast ganz stolz darauf hin, ohne die leiseste Ahnung, dass sein eigener Sohn darauf herumturnte.

«Wie sind wir denn hier raufgekommen?», fragte Tony weinerlich.

«Wir sind geflogen», sagte Rüdiger. «So, wie Vampire das nun mal tun.»

«Und wie kommen wir wieder runter?»

«Wir fliegen.»

«Aber ich kann überhaupt nicht fliegen!»

«Doch, wenn ich dich halte», sagte Rüdiger. «Du musst mir allerdings vertrauen, das ist die Voraussetzung.»

«Aber ich hab dich erst einmal fliegen sehen», sagte Tony verzweifelt. «Und das war, als du im Sturzflug aus meinem Fenster gefallen bist.»

«Das war etwas anderes!»

«Wieso?»

«Das war vor der Kuh, weißt du nicht mehr? Jetzt geht's mir wieder gut.»
Tony war nicht überzeugt.
«Ich hab dich doch auch hier raufgekriegt», sagte Rüdiger. «Was glaubst du, wie ich das gemacht habe?»
«Na ja …», sagte Tony zögernd. «Wahrscheinlich sind wir tatsächlich geflogen.»
«Richtig! Keine Treppen weit und breit. So, und jetzt nimm meine Hand …»
Rüdiger streckte Tony die Hand entgegen. Vorsichtig, so, als fürchtete er einen elektrischen Schlag, griff Tony danach.
«Wir fangen ganz langsam an», sagte der Vampir, und noch während er sprach und ehe Tony sich dessen bewusst wurde, hoben sie ab und schwebten ein paar Meter über dem Luftschiff.
«Siehst du?», sagte Rüdiger. «Geht doch ganz gut, oder?»
Tony fielen fast die Augen aus dem Kopf, als er auf seine Füße sah, die ein paar Meter über dem Luftschiff baumelten.
«Für den Anfang solltest du lieber nicht nach unten gucken», sagte Rüdiger.
«Aber … aber ich fliege ja!»
Mit sanften Bewegungen und schön langsam stieg Rüdiger mit Tony über dem Reklame-Luftschiff auf. Es kam Tony vor, als blicke er von einem Schiff auf einen Wal hinab. Der Gedanke beruhigte ihn. Wir treiben auf dem Wasser und können gar nicht untergehen …
Trotzdem fühlte er sich ein wenig seekrank.
Jetzt gab es nichts mehr, worauf er weich hätte landen können, falls er abstürzen sollte: Zwischen ihm und der Erde mussten Hunderte von Metern liegen! Und obwohl er es gar

nicht wollte, überlegte er doch die ganze Zeit, was wohl passieren würde, wenn er abstürzte. Würde er bersten, so wie die Wassermelone, die ihm in San Diego einmal aus dem Fenster gefallen war? Oder würde er einen tiefen Krater in die Erde bohren, so wie ein Asteroid, der auf den Mond kracht?

Was mache ich hier eigentlich, fragte er sich. Falls ich das hier überlebe, werde ich immer schön zu Hause bleiben und ganz nett zu Mom sein. Und sogar zu Dad.

Tony musste sich zwingen, die Augen offen zu halten. Noch fiel er nicht. Noch nicht.

Konzentriere dich! Konzentriere dich, und halte dich an Rüdiger fest!

«Entspann dich!», sagte Rüdiger. «Solange ich dich festhalte, kann dir nichts passieren. Und jetzt bringen wir uns mal richtig in Flugstellung, dann ist es nämlich einfacher, weil die Luft ...»

«Verstehe schon», sagte Tony. «Wir machen uns stromlinienförmig.»

Plötzlich flogen sie mit den Köpfen voraus durch die Luft. Tony drehte sich der Magen um, und er stöhnte laut auf. Er wusste zwar, wozu es gut war, diese Position einzunehmen, aber das machte es auch nicht erträglicher.

«Alles in Ordnung?», fragte Rüdiger.

«Ja», brachte Tony mühsam heraus. «Los!»

«Los geht's!»

Und wie es losging ...

Es war ein Gefühl, als fiele er aus einer Achterbahn. Tony schlug das Herz bis zum Hals. Der Wind zerrte an seinen Haaren, als Rüdiger das Tempo erhöhte. Wie zwei Adler stürzten sie sich in die Tiefe, bevor sie in einem lang gezogenen Bogen über dem weiten Weideland wieder an Höhe ge-

wannen und über das Dach von Lord McAshtons Gutshaus flogen. Schornsteine und Türmchen und Kuppeln schossen vorbei und lagen im nächsten Moment weit hinter ihnen. Die Partybeleuchtung … vorbei! Als ob sie übers offene Meer flögen und unter ihnen die Titanic läge.
«Wow!», schrie Tony ganz verzückt. «Das war toll!»
Sie flogen Richtung Westen und verloren sich als kleiner Punkt am Nachthimmel, irgendwo zwischen den Sternen.

9. Kapitel

Tony war nicht ganz vergessen worden von denen, die sich um ihn kümmern sollten. Genau in dem Moment, als die Jungen über McAshtons Haus zogen, klingelte Bob Thompsons Handy. Es war ein lautes, schrilles Geräusch, mitten in einer ruhigen Passage des Musikstücks, das sich Lord McAshton von dem Streichquartett gewünscht hatte, weil es so angenehme Erinnerungen in ihm weckte.
«Bob!», sagte Helga entsetzt. Wenn das kein Verstoß gegen die Etikette war!
«Tut mir Leid!» Bob wurde vor Verlegenheit rot, als er sein Handy aus der Smokingjacke holte. «Bob Thompson», flüsterte er in den Apparat.
«O Mr. Thompson, hier ist Lorna», sagte Lorna am anderen Ende der Leitung.
«Lorna!», antwortete Bob aufgebracht. «Ich hoffe, Sie haben einen guten Grund für diesen Anruf!»
«O ja, Mr. Thompson, o ja! Tony ist verschwunden.»

«Wie bitte? Ich kann Sie nicht verstehen!»

«Was ist denn passiert?», fragte Helga.

«Irgendetwas mit Tony.»

«WAS?», sagte Helga sehr laut. «Gib mal her!» Sie nahm ihrem Mann das Telefon aus der Hand. «Was ist los, Lorna?»

«Ich bin schon ein paar Mal zu seinem Bett raufgegangen, um nachzusehen, aber es ist leer, und das Fenster steht offen, und seine rote Karre, wissen Sie, die mit der grünen Deichsel, ist auch weg ...»

«Lorna, jetzt beruhigen Sie sich erst mal!»

«Und dabei hat er so süß ausgesehen in seinem kleinen Vampirkostüm ...»

«So?», sagte Helga grimmig. «Und Sie sind sich wirklich sicher, dass er nicht im Haus ist?»

«Ja, ja! Ich habe doch schon überall gesucht, überall ...»

«Ich bin gleich da», unterbrach Helga sie, schaltete das Handy aus und gab es Bob zurück. «Wir müssen gehen.»

«Probleme?», fragte McAshton mit hochgezogenen Augenbrauen.

«Tony ist verschwunden, Sir», sagte Bob und schob seine Frau Richtung Ausgang.

«Tatsächlich?», sagte McAshton missbilligend. «Tut er das öfter, sich mitten in der Nacht davonschleichen?»

«Nein», sagte Helga kurz. «Tut er nicht.»

«Wie erfreulich. Oh, und eins noch, Thompson», rief McAshton den beiden hinterher. «In Zukunft sollten Sie Ihr Handy auf Vibration stellen!»

«Pass auf, dass ich dich nicht gleich auf Vibration stelle», murmelte Helga auf dem Weg nach draußen.

Tony hatte von alledem keine Ahnung. Im Gegenteil: Er genoss das Fliegen in vollen Zügen.
Es war das Aufregendste, was er je erlebt hatte. Er kreischte vor Vergnügen, wenn sie sich drehten, beschleunigten, in die Kurven gingen, sich steil emporschwangen, sich fallen ließen, wieder in die Höhe schossen und weite Bögen flogen, hoch über den feuchten, dunklen Wäldern und Feldern.
Mehr noch: Das Fliegen schien die natürlichste Sache der Welt zu sein. Tony fand, dass alle Menschen es tun sollten. Den Wind auf dem Gesicht spüren und über sich nur Wolken und Sterne! Wenn kleine Vögel das konnten, Fledermäuse, fliegende Hunde – warum dann nicht auch die Menschen? Vielleicht war es etwas, das Kinder ganz instinktiv konnten und später, wenn sie älter und schließlich erwachsen wurden, vergaßen.
In Tonys Augen war das Fliegen jedenfalls ganz leicht. Gut, der Anfang war vielleicht etwas schwierig, aber wenn der geschafft war, ging es wirklich kinderleicht.
Eigentlich, dachte er, hatte er es gar nicht nötig, sich an Rüdiger festzuhalten. Man musste sich nur vornehmen, wohin man fliegen wollte – und schon ging es los. Der Trick war, dass man Vertrauen in sich selbst hatte!
Als sie über die Klippen flogen und das schwarze, aufgewühlte Meer unter ihnen lag, ließ Tony Rüdigers Hand los, um es allein zu probieren.
Augenblicklich sank er Hals über Kopf in die Tiefe. Er hatte nicht die geringste Kontrolle über sich, und seine Flugkünste waren nicht besser als die eines Betonklotzes.
«RÜDIGER!», brüllte er im Fallen. Von Emporschwingen und Kurvenfliegen konnte keine Rede mehr sein. Schnur-

gerade schoss er auf einen scharfen Felsen zu, der gischtumtost aus dem Meer ragte.
Wie ein Racheengel stürzte Rüdiger sich in die Tiefe, dass die Luft nur so rauschte, und griff nach Tonys Hand. Sofort war Tonys Sturzflug beendet, und ruhig und gleichmäßig flogen die beiden weiter.
«Alles in Ordnung mit dir?», fragte Rüdiger, als sie wieder an Höhe gewannen und zu den Klippen zurückflogen.
Tonys Augen waren vor Schreck geweitet, und er rang nach Atem. «Ja», keuchte er. «Ja. Ich hab meine Lektion gelernt, Rüdiger. Ich versprech dir, das ich das nie wieder tun werde!»
«Na, hoffentlich», sagte Rüdiger. «Und komm bloß nicht auf die Idee, vom Baum zu springen oder vom Dach, wenn ich nicht dabei bin. Das wird nicht funktionieren, glaub mir!»
«Ich glaub dir ja», sagte Tony kleinlaut und sah auf die Straßen und Hecken und Bäume hinab, die unter ihnen vorbeizogen.
«Es muss es großartig sein, ein Vampir zu sein!»
Rüdiger schnaubte.
«Na ja, ein paar Vorteile hat's schon ...», sagte er.
«Auf jeden Fall besser als Auto fahren», sagte Tony, als er ein Paar Scheinwerfer sah, die sich über die tief unter ihm liegende Landstraße bewegten. «Schließlich könnt ihr überallhin.»
«Das stimmt schon», sagte Rüdiger. «Aber andererseits muss ich...»
«O nein!», rief Tony, der gerade erkannt hatte, dass der Wagen unter ihnen ein Landrover war.
«Was ist denn?»
«Das Auto da unten!»

Der Wagen bog um eine Ecke. Tony strengte sich an, um Genaueres zu erkennen. War das sein Haus da drüben, das Haus, in dem alle Lichter brannten? «Ich glaube, es sind meine Eltern!»
«Mach dir keine Sorgen! Sie können dich hier oben nicht sehen.» Rüdiger lachte.
«Aber sie kommen schon nach Haus!», rief Tony. «Mein Vater bringt mich um, wenn ich nicht da bin.»
«Das würde er wirklich tun?», fragte Rüdiger ebenso überrascht wie erschrocken.

10. Kapitel

Der Landrover der Thompsons schoss in die Auffahrt. Helga und Bob sahen Lorna schon von weitem in der offenen Haustür stehen – händeringend und offensichtlich vollkommen durcheinander.
«Sieht so aus, als sei er wirklich verschwunden», sagte Helga und bekam es jetzt selbst mit der Angst zu tun.
«Was ist mit dem Jungen bloß los?», fragte Bob. «Als wir noch in Amerika wohnten, hat er so einen Unsinn nie gemacht!»
«Das ist genau der Punkt! Wir sind hier in Schottland – und nicht zu Hause. Du darfst nicht vergessen, dass er erst acht Jahre alt ist!»
«Vielleicht hat er den Flug noch nicht verarbeitet», sagte Bob, als sie aus dem Wagen stiegen, «die Zeitumstellung und all das. Er ist das Fliegen eben noch nicht gewohnt.»

«O Mr. Thompson, Mrs. Thompson!», rief Lorna. «Ich habe immer wieder nach ihm …»

«Zuerst sehen wir mal nach, ob er irgendetwas mitgenommen hat», sagte Helga und ging entschlossen an Lorna vorbei ins Haus. «Etwas zum Anziehen, Verpflegung …»

«Reisepass», ergänzte Bob. «Flugtickets, Geld.»

Sie liefen die Treppen hoch, immer zwei Stufen auf einmal nehmend, und Lorna folgte ihnen wie ein aufgescheuchtes Huhn.

Helga erreichte Tonys Zimmer als Erste und stürmte hinein – da lag Tony in seinem Bett und schlief tief und fest.

«Können Sie mir das erklären?», fragte Bob und sah Lorna an, die mit weit aufgerissenen Augen auf Tonys Bett starrte.

«Ich weiß doch, was ich gesehen habe, ob er da war oder nicht», antwortete sie trotzig. «Und ich weiß ganz genau, dass ich ihn nicht gesehen habe.»

Tony bewegte sich unruhig.

«Pssst! Sie wecken ihn noch auf», warnte Helga.

«Na, jedenfalls ist er hier, und das ist die Hauptsache», flüsterte Bob ziemlich laut. Dann sah er, dass Tonys Fenster weit offen stand, und er machte sich auf den Weg, um es zu schließen. Dabei ging er unter Rüdiger hindurch, der an der Decke hing und versuchte, wie ein Lampenschirm auszusehen.

Helga beugte sich zu Tony hinab und küsste ihn zärtlich auf die Stirn.

Tony versuchte, nicht zu atmen oder zu lächeln oder sonst eine Reaktion zu zeigen, in der Hoffnung, dass sie gleich wieder verschwinden würden.

Helga sog prüfend die Luft ein. «Bob?», sagte sie.

«Riechst du es auch?», fragte Bob.

«Irgendwie muffig, feucht, modrig ...», sagte Helga. «Wie Pilze. Oder verrottendes Laub.»

O-oh, dachte Tony.

«Ein wenig korkig», bemerkte Lorna.

«Wie etwas Verwesendes. Oder Schimmel», sagte Helga. «Vielleicht hat Tony Recht, und irgendwas stimmt mit diesem Haus tatsächlich nicht.»

Tony hörte, wie sie die Tür hinter sich schlossen.

«Wir sollten das Haus von einem Fachmann begutachten lassen.» Die Stimme seiner Mutter war nur noch aus der Ferne zu hören.

«Ach was!», sagte Bob und war kaum noch zu verstehen. «Das ist doch alles längst geschehen. Das Haus ist vollkommen in Ordnung.»

Vorsichtig öffnete Tony ein Auge.

«Rüdiger!», flüsterte er. Er war sich ganz sicher, dass alle weg waren und nicht mal Lorna zurückgeblieben war.

Rüdiger schwang sich lautlos von der Decke und sah Tony etwas verlegen an. «Ähm, tut mir Leid, das mit dem Geruch», sagte er. «Ich habe seit 1428 nicht mehr gebadet.»

«Toll! Aber warte mal ...», murmelte Tony und rechnete blitzschnell nach. «Soll das etwa heißen, dass du tausend Jahre alt bist oder so?»

«Nein! Ich bin neun», sagte Rüdiger.

«Oh...!», sagte Tony.

«Also es ist so: Ich bin seit über fünfhundert Jahren neun.» Er lächelte traurig. «Du willst doch nicht etwa behaupten, dass ich wie tausend aussehe, oder? Ich selbst hab mich ja schon ewig nicht mehr im Spiegel gesehen.»

«Du kannst meinen benutzen», sagte Tony und zeigte auf den großen Spiegel in seinem Zimmer, aber er bemerkte sei-

nen Fehler sofort. «Ach ja, Vampire können sich gar nicht im Spiegel sehen.»
«Nein.»
«Vampir zu sein, stell ich mir einfach toll vor», schwärmte Tony.
«Weil man fliegen kann und ewig lebt?», fragte Rüdiger.
«Ja. Und weil man den Menschen Angst einjagen kann. Und weil man sich nicht jeden Tag zu waschen und die Haare zu kämmen braucht.»
«Ja schon, aber ...» Rüdiger seufzte. «Manche Vampire sehen das genauso wie du. Sie akzeptieren ihr Dasein und fühlen sich sogar als etwas Besonderes. Sie lieben den Geschmack von Menschenblut und finden es großartig, in riesigen, düsteren Schlössern in Transsilvanien zu wohnen und die Landbevölkerung in Angst und Schrecken zu versetzen.»
«Aber du nicht?»
«Nein. Mein Bruder allerdings schon. Er ist ein richtiger Traditionalist. Mein Vater dagegen besteht darauf, dass wir ...»
«Was?», rief Tony. «Du hast eine richtige Familie? Auch eine Mutter?»
«Und eine Schwester. Natürlich habe ich eine Familie!»
«Ich habe gar nicht gewusst, dass Vampire Familien haben.»
Rüdiger sah aus dem Fenster, als wünschte er, seine Familie käme vorbeigeflogen. «Hoffentlich sind sie in Sicherheit, jetzt wo Geiermeier wieder auf der Jagd ist. Heute Nacht sollten wir uns alle treffen.»
«Sie kommen hierher?», fragte Tony bestürzt.
«Du brauchst keine Angst zu haben. Glücklicherweise bin ich ja schon tot. Sonst würde mein Vater mich wahrschein-

lich auch umbringen, wenn er rauskriegte, dass ich mich hier mit einem Sterblichen unterhalte.»
«Väter sind echt schwierig», sagte Tony. «Aber es hat doch Spaß gemacht, heute Nacht, oder?»
«Spaß?» Rüdiger schien sich über das Wort zu wundern. «Stimmt», sagte er. «Du hast Recht. Es hat wirklich Spaß gemacht. Weißt du, ich hatte keinen Freund in meinem Alter, seit ich selbst in diesem Alter bin.» Er stand auf, lächelte und verbeugte sich förmlich vor Tony. «Jetzt muss ich aber gehen. Ich habe schon viel zu viel gesagt, und ich habe dich in Gefahr gebracht.»
«Wenn du möchtest, kannst du bleiben», sagte Tony und versuchte, es möglichst beiläufig klingen zu lassen, aber insgeheim hoffte er, der kleine Vampir würde ja sagen. «Ich meine, wo doch der Vampirjäger da draußen unterwegs ist ... Vielleicht ist es hier bei mir sicherer.»
«Aber ...»
«Und über den Geruch brauchst du dir keine Sorgen zu machen», sagte Tony schnell. «Mir macht er nichts aus.»
«Danke.»
«Nur dass ich natürlich keinen Sarg habe, in dem du schlafen könntest.»
«Das ist auch gar nicht nötig. Mir reicht schon ein Plätzchen, zu dem kein Sonnenlicht durchdringt», sagte Rüdiger.
«Wäre der hier in Ordnung?», fragte Tony und öffnete einen riesigen, altmodischen Reisekoffer. «Ich meine, wenn ich den ganzen Kram ausgepackt habe?»
«Der wäre sogar sehr gut.»
Rüdigers Augen glänzten, als er das Durcheinander wertvoller Spielsachen erblickte, Roboter, Computerspiele und Puzzles, die Tony nach und nach aus dem Koffer holte.

«Das ist kein Kram!», sagte Rüdiger. «Das ist eine Schatztruhe! Wofür braucht man das alles?»
«Ich zeig's dir. Dies hier zum Beispiel», sagte Tony und schaltete seinen Gameboy ein. «Da kommen Höllenmonster in eine Stadt und wollen sie zerstören, und du musst sie vernichten, indem du ...» Plötzlich wurde Tony ganz verlegen und hörte auf zu sprechen, weil er fürchtete, dass dieses Spiel zu viel Ähnlichkeit mit Rüdigers Problemen hatte. «Wir reden morgen weiter», sagte er. «Meine Mutter würde mich umbringen, wenn ich die ganze Nacht wach bliebe.»
«Verstehe», antwortete Rüdiger. «Wir leben beide ganz schön gefährlich.» Mit ernster Miene stieg er in den leeren Koffer. «Aber was morgen betrifft ... Na ja, wir werden sehen.» Er machte es sich bequem.
«Geht's?», fragte Tony.
«Ja, prima! Bis heute Nacht dann.»
«Ja. Gute Nacht.»
Tony klappte den Deckel zu, sprang selbst ins Bett und zog die Bettdecke hoch. Eine Minute lang lag er ganz still da und dachte an die erstaunlichen Dinge, die er an diesem ereignisreichen Abend erlebt hatte.
Er war geflogen.
Er war hoch über den Wolken geschwebt.
Er war auf einem aufgeblasenen Luftschiff herumgehüpft.
Er war mitten in der Nacht von zu Hause losgegangen und wieder zurückgekommen, ohne Ärger zu bekommen!
Er wäre um ein Haar von einem Vampirjäger überfahren worden.
Er war in einem Kuhstall gewesen. Na ja, das war nicht so aufregend gewesen.
Aber vor allem hatte er einen neuen Freund gefunden!

Wenn seine Schulkameraden ihn nur hätten sehen können!
Bei dem Gedanken an Nigel und Flint wurde ihm ganz elend zumute. Morgen musste er wieder zur Schule! Wenn er ein Vampir wäre, bräuchte er nie zur Schule zu gehen und sich von den anderen schikanieren zu lassen.
«Rüdiger, ich möchte auch ein Vampir werden», sagte er plötzlich.
«Aber Tony, du weißt doch, was das bedeutet», hörte er Rüdigers Stimme aus dem Koffer.
«Ja. Ich würde die aufregendsten Dinge tun.»
«Nie wieder blauer Himmel, Tony», sagte Rüdiger. «Kein Vogelgezwitscher. Keine Blumen im Sonnenschein.» Er seufzte. «Darum beneide ich euch am meisten. Weißt du, was mein größter Wunsch ist? Wieder im Sonnenschein spazieren zu gehen und die Wärme des Tages zu spüren. Stattdessen gibt's für mich nur die kalten Sterne und diese immer während Nacht.»
Tony dachte einen Moment lang darüber nach. «Cool!», sagte er und schlief auch schon ein.

11. Kapitel

Tony hatte das Gefühl, noch gar nicht richtig geschlafen zu haben, als die Vorhänge aufgezogen wurden. Der Himmel war strahlend blau, die Sonne schien warm ins Zimmer und Vögel zwitscherten in den Bäumen.
Seine Mutter stellte eine Vase mit frischen Blumen aufs Fens-

terbrett. Alles war so, wie der kleine Vampir es sich gewünscht hatte.
Tony hingegen drehte sich zur Wand, vergrub den Kopf im Kissen und kniff die Augen zu. Er wollte unbedingt noch ein bisschen weiterschlafen.
«Wieder irgendwelche Albträume gehabt?», fragte seine Mutter.
Tony konnte sich ganz genau an alles erinnern. «Stell dir vor, Mom: Ich bin richtig geflogen.»
«Das ist aber ein schöner Traum», sagte sie und sammelte Tonys verstreut herumliegende Socken auf.
«Es war kein Traum. Ich bin wirklich geflogen, direkt über dem Gutshof von McAshton, als dort die Party war.»
«Mach dich fertig und komm frühstücken!», sagte seine Mutter knapp und ging aus dem Zimmer.
Tony kratzte sich nachdenklich am Kopf. Vielleicht war wirklich alles nur ein Traum gewesen? Aber es gab ja eine Möglichkeit, das herauszufinden! Tony stand auf, schlich zum Koffer und hob den Deckel ein wenig an. Ein scharfes ZISCH und ein RUMMMS, und jemand zog den Deckel von innen zu. Tony wusste Bescheid.
«Hab ich also doch nicht geträumt», sagte er zu sich.
«Tony, Frühstück!», rief seine Mutter aus der Küche.
«Komme schon, Mom», antwortete Tony. «Mann, hab ich einen Hunger! Ich könnte eine ganze Kuh verspeisen.»

Zur selben Zeit zählte der alte McLaughlin auf dem Feld seine Kühe. Es war nur eine kleine Herde, ganze fünf Tiere, aber sosehr er sich auch anstrengte – Bauer McLaughlin kam immer nur auf vier.
Wo, fragte er sich, war Kuh Nummer fünf, Mitsy?

Verwirrt machte er sich auf den Weg zum Stall.
Sonnenstrahlen durchfluteten den Stall, als er das Tor öffnete. Mitsy gab einen fauchenden Laut von sich. Sie zog sich in den hintersten Winkel des Stalles zurück und blieb dort mit abgewandtem Kopf stehen.
«Mitsy?», sagte McLaughlin. «Geht's dir heute nicht so gut, hm? Dann lasse ich dich jetzt zufrieden und sehe morgen wieder nach dir.»
Als sich das Tor schloss und es im Stall wieder kühl und dunkel wurde, drehte Mitsy sich um. Ihre Augen leuchteten dunkelrot.

Trotz seiner trüben Gedanken vor dem Einschlafen sprang Tony an diesem Morgen fröhlich und voller Energie aus dem Wagen seiner Mutter und lief auf die Schule zu.
Er, Tony, war der Einzige, der je über dieses Dorf geflogen war! Er war auch der Einzige, der einem Vampirjäger entwischt war. Und er war der Einzige, der einen absolut echten Vampir zum Freund hatte.
Nigel und Flint lungerten am Schuleingang herum und versperrten ihm den Weg.
«Guten Morgen, Vampi», sagte Nigel.
«Du meinst wohl Schlampi?», sagte Flint und kicherte.
«Wällst du mein Bluuut sssaugen?», fragte Nigel und reckte den Hals vor.
«Kannst du nicht!», rief Flint und hielt Tony ein selbst gebasteltes Kreuz vor die Nase. «Wir sind gerüstet.»
«Geht mir aus dem Weg, ihr Verlierer!», erwiderte Tony. «Ich hab zu tun. Und außerdem muss ich bis Sonnenuntergang wieder zu Hause sein. Ich hab eine anstrengende Nacht vor mir.»

Er schubste Flint und Nigel zur Seite und setzte seinen Weg fort. Die beiden waren so überrascht, dass sie rückwärts umfielen und auf dem Hintern landeten.
Mit weit aufgerissenen Mündern sahen sie sich gegenseitig an, als Tony unbeirrt weiterging.
Ein paar andere Schüler, die sich in der Nähe aufgehalten hatten, um sich, wie üblich, den morgendlichen Kampf anzusehen, mussten lachen.
«Passt bloß auf!», rief Nigel und sah sie drohend an. Sofort waren sie still.
«Komm, wir schnappen uns diese kleine Ratte!», sagte Flint.
Sie sprangen auf und rannten hinter Tony her. Nigel holte einen Knoblauchzopf aus seiner Tasche.
«Das ist für dich, du Fledermaus!», rief er.
Tony drehte sich um, und Nigel schlug ihm den Knoblauchzopf auf den Kopf. Tony war wie betäubt, und Flint nutzte den Moment, um ihn zu Boden zu werfen.
Endlich hatte der längst erwartete Kampf begonnen. Die anderen Schüler sahen zu, klatschten und feuerten die Kämpfer an.
Diesmal wehrte sich Tony nach Kräften.

12. Kapitel

«Ich bin wirklich enttäuscht von dir, Tony», sagte Helga und tupfte seine Nase mit einem Taschentuch ab. «Was musst du dich ausgerechnet mit den McAshtons prügeln?» Sie seufzte. «Das ist furchtbar peinlich für Dad und macht ihm das Leben nicht gerade leichter.»

Tony hatte nicht erwartet, dass seine Mutter ihn verstehen würde. Außerdem wünschte er sich, dass ihre Erste-Hilfe-Maßnahmen nicht in seinem Zimmer stattfänden, wo Rüdiger noch immer in dem Koffer lag.

«Tut mir Leid, Mom», sagte er, «aber sie haben angefangen.»

Sie sah auf ihn herab. Ein dünner Faden Blut rann aus einem Nasenloch. Sie zerriss ein Taschentuch und machte kleine Pfropfen daraus.

Im dunklen Koffer öffnete Rüdiger plötzlich die Augen. Blut! Menschenblut! Und ganz in der Nähe! Seine Eckzähne schoben sich über die Unterlippe, und seine Augen glühten tief rot wie die Augen Mitsys.

«Gestern Abend hat mir dein Lehrer alles erzählt», sagte Helga.

«Was – alles?»

«Dass du in der Schule dauernd über Vampire sprichst. Kein Wunder, dass deine Freunde dich nicht ernst nehmen.»

«Es sind nicht meine Freunde!»

«Du wirst auch nie welche haben, wenn du so weitermachst. Die Enkel von McAshton sind die nettesten und beliebtesten Kinder der ganzen Schule. Wieso versuchst du nicht, mit ihnen klarzukommen?»

«Sie sind richtige Schläger!», sagte Tony. «Niemand kommt mit ihnen klar. Alle haben Angst vor ihnen.»
«Also wirklich, Tony! Wie kannst du nur so etwas sagen? Jetzt halt doch mal still!» Sie stopfte ihm zwei Pfropfen in die Nase, und mit den heraushängenden Enden sah Tony aus wie ein Walross. «Das ist besser.» Sie lächelte.
In dem Moment hörte Tony ein leises Geräusch aus dem Koffer. Rüdiger musste aufgewacht sein! Auch Helga hob plötzlich den Kopf und schnupperte.
«Schon wieder dieser Geruch», sagte sie. «Eigenartig!»
«Außerdem habe ich einen Freund. Er ist im Moment bloß nicht hier», erklärte Tony schnell und sehr laut. Er hoffte, dass Rüdiger die Warnung verstand.
«Ach wirklich?» Helga war immer noch mit dem Geruch beschäftigt. «Jemand aus der Schule?»
«Ähm ... nein.»
«Nicht aus der Schule? Aber er ist in deinem Alter, oder?»
«Kann man nicht so genau sagen, aber irgendwie schon.»
Helga sah ihn forschend an.
Tony merkte, dass das Gespräch in die falsche Richtung zu laufen drohte. «Seine Eltern ... ähm ... reisen viel. Er bekommt Privatunterricht.»
«Ach ja? Und wie ist er so?»
«Toll!»
«Nun, dann sollten wir ihn auch kennen lernen. Lad ihn doch mal zu uns ein! Er kann gerne hier schlafen.»
«Hab ich schon gemacht», sagte Tony und kicherte.
«Gut, das ist immerhin ein Anfang.» Sie fuhr ihm übers Haar und stand auf.
Tony horchte. Rüdiger verhielt sich ganz still. Wahrscheinlich war er wieder eingeschlafen. Entwarnung!

«Warum liegt hier eigentlich dein ganzes Spielzeug herum?»
O-oh! Zu früh gefreut!
Helga hob einen Roboter auf und ging damit auf den Koffer zu. Tony stöhnte auf und überlegte blitzschnell.
«Mom», sagte er, «den brauche ich für meine Hausaufgaben. Leg ihn wieder hin!»
Helga zögerte. Schließlich stellte sie den Roboter auf den Koffer.
«Na gut. Aber räum nachher bitte auf! Erst bleibst du noch ein Weilchen liegen und ruhst dich aus!»
«Ach, Mom, mir geht's gut.»
«Ruh dich aus!», sagte Helga und schloss die Tür hinter sich.

Es war kalt und windig auf dem Golfplatz an der Küste, den Bob für die erste Trainingsstunde ausgesucht hatte, ganz anders als am Morgen. Tony hatte schon gemerkt, dass das Wetter in Schottland sehr wechselhaft sein konnte. Der Wind peitschte riesige Wellen an die Felsenküste, sodass die Gischt hoch aufspritzte. Möwen segelten am Himmel und ließen sich von den Luftströmen tragen. Sie waren so frei wie … wie Vögel eben. Oder wie Vampire.
Tony zitterte und versuchte, nicht auf die Möwen zu achten, weil er sonst an seine eigenen Flugerfahrungen denken musste und sich daran erinnerte, wie er hoch über den Wolken … Nein! Er versuchte, sich auf das zu konzentrieren, was sein Vater ihm über das Golfspielen erklärte. Die Grundregeln.
Eine Windbö zerrte an der Fahne, als sie auf das erste Loch zugingen.

«Golf hat viel mit Selbstdisziplin zu tun, Tony», sagte Bob und zog einen Schläger aus seiner Golftasche, «mit Höflichkeit und guten Manieren. In erster Linie spielst du gegen dich selbst und musst daran arbeiten, immer besser zu werden.»
Er versetzte dem Ball einen leichten Schlag. Er verfehlte das Loch um einen knappen Meter.
«Mist!», schimpfte er. «Werten wir den trotzdem als eingelocht?»
«Klar, Dad», sagte Tony. «War ja fast drin.»
Bob bückte sich nach dem Ball und steckte ihn in die Jackentasche. Tony ging zu seinem Ball und schlug kräftiger zu als sein Vater. Keine zwanzig Zentimeter vor dem Loch blieb er liegen.
«Gib ihm den Rest!», sagte sein Vater.
«Okay.» Aber Tony verschätzte sich, und der Ball rollte um das Loch herum, ohne hineinzufallen.
«Pech gehabt. Versuch's nochmal!»
Dieses Mal versenkte Tony den Ball.
«Gut gemacht! Trotzdem glaube ich, dass ich gewinne», sagte Bob, als er das Ergebnis notierte.
Tony blickte besorgt zum Himmel, wo die Sonne nur dann und wann zwischen den düsteren Wolken aufblitzte. Eine Regenwand kam über das Meer auf sie zu.
«Dad, wann geht eigentlich die Sonne unter?»
«Keine Sorge, das dauert noch.»
«Aber wann genau? Ich muss vorher zu Hause sein.»
«Wozu die Eile? Wir haben noch siebzehn Löcher vor uns.»
Tony stöhnte, als er das hörte.
«Was ist los? Du machst doch nicht etwa schon schlapp?», fragte Bob. «Ich dachte, du wolltest Golf lernen.»

«Lieber würde ich fliegen lernen.»
«Tony!», sagte Bob ärgerlich. «Du musst dir diese verrückten Ideen aus dem Kopf schlagen!» Er atmete tief durch und beruhigte sich etwas. «Vielleicht wenn du älter bist», sagte er versöhnlich und schlug seinem Sohn kumpelhaft auf die Schulter.
«Dad, findest du, dass ich verrückt bin?», fragte Tony.
«Ähm ... nein. Aber du solltest allmählich begreifen, dass Vampire Aberglaube sind. Es gibt sie höchstens in alten Horrorfilmen – und nicht in deinem Zimmer.»
«Woher weißt du, dass in meinem Zimmer ein Vampir ist?», fragte Tony erschrocken.
Bob sah ihn entnervt an, und Tony merkte, dass er Rüdiger um ein Haar verraten hätte. «Tut mir Leid, Dad», sagte er. «War wohl nicht so witzig, was?»
«Nicht besonders.» Bob seufzte. «Sieh mal, Tony, ich weiß, dass du es in letzter Zeit nicht leicht hattest, und zum Teil ist das auch meine Schuld. Ich hatte furchtbar viel zu tun und nicht genug Zeit für dich. Das ist einer der Gründe, weshalb wir heute Nachmittag hier draußen sind. Aber du musst das auch mal von meiner Warte aus sehen. Ständig liegen mir Mr. Boggins und Lord McAshton deinetwegen in den Ohren, und das ist eine zusätzliche Belastung, die ich momentan wirklich nicht gebrauchen kann. Diese Prügeleien und das ganze Gerede über Vampire und dass du den anderen Schülern Angst machst – damit muss jetzt ein für alle Mal Schluss sein!»
«Ja, Dad, das tut mir Leid, aber ...»
«Du bringst mich um meinen guten Ruf!»
«Aber ...»
«Nichts aber! Du weißt genau, dass es keine Vampire gibt!»

«Wenn du meinst ...», gab Tony schließlich klein bei. Trotzdem wusste er ganz genau, dass es Vampire gab. Doch jetzt nahm er sich zusammen. «Komm, lass uns weiterspielen!», sagte er.

«Das ist mein Junge!» Bob strahlte. Er nahm seine Golftasche und lief los. «Komm Tiger!», rief er über die Schulter. «Wettrennen zum nächsten Grün!»

«O Dad, das ist unfair!»

Stunden später, die Sonne war längst untergegangen, machte Bob Thompson vor dem kleinen Schloss eine Vollbremsung.

«Was für ein schönes Zuhause», sagte er stolz, aber Tony war schon aus dem Wagen gesprungen und ins Haus gerannt.

Er nahm immer zwei Treppenstufen auf einmal und hoffte inständig, dass er nicht zu spät kommen würde.

Mit Herzklopfen riss er die Tür zu seinem Zimmer auf und ... sah den offenen, leeren Koffer. Rüdiger war fort!

«Rüdiger!», schrie Tony.

Aber niemand antwortete. Das Fenster stand etwas offen, und die Vorhänge bewegten sich im Wind. Die Vampirbilder flatterten überall im Zimmer herum.

Langsam sammelte Tony sie ein. Nur das Bild mit dem großen goldenen Amulett war nirgendwo zu finden. Er legte die Bilder auf seinen Schreibtisch. Dann setzte er sich hin und starrte aus dem Fenster. Plötzlich kam er sich wie der einsamste Junge auf der ganzen Welt vor.

13. Kapitel

Beim Abendessen stocherte Tony auf seinem Teller herum, ließ unter dem Tisch seine Beine baumeln und fühlte sich hundeelend, während sein Vater über die gemeinsamen Erlebnisse plauderte.

«Und dann lag ich mit zehn in Führung, und es waren nur noch acht zu spielen», sagte Bob. «So einen großen Vorsprung hatte ich noch nie.»

«Hast du das Spiel an dem Punkt abgebrochen?», fragte Helga.

«Aber nein! Ich habe mir meinen Vorteil zunutze gemacht, wie Lord McAshton es ausdrücken würde.»

«Ich finde, ihr hättet früher nach Hause kommen sollen.»

«Unsinn! Wir haben uns köstlich amüsiert. Die Bewegung hat ihm gut getan.»

Helga sah Tony an und lächelte aufmunternd. «Stimmt das? Hast du dich köstlich amüsiert?»

Tony versuchte, glücklich auszusehen, aber es gelang ihm nicht. «Mom, ich fühle mich nicht gut. Darf ich in mein Zimmer gehen?»

«Nicht bevor du deinen Teller leer gegessen hast», sagte Bob. «Du bist doch noch im Wachstum. Du musst viel essen, damit du starke Muskeln bekommst.»

«Aber …»

«Außerdem müssen wir deiner Mutter noch den Rest der Partie schildern.»

«Ach, geh nur», sagte Helga. «Bob, er scheint sich erkältet zu haben. Du hättest wirklich nicht so lange mit ihm draußen bleiben dürfen.»

«Danke, Mom», murmelte Tony. Er stand auf und ging langsam und mit hängendem Kopf aus dem Zimmer. «Gute Nacht.»

«Gute Nacht, Liebling», sagte Helga.

Vielleicht war doch alles nur ein Fiebertraum, dachte Tony, als er zu Bett ging. Eine Weile lag er still da, starrte zur Decke hoch und fragte sich, wie man eigentlich feststellen konnte, was Traum und was Wirklichkeit war. Er hatte mal gehört, dass manche Leute sich kniffen, um zu prüfen, ob sie schliefen, aber er hatte auch gehört, dass man sich genauso gut im Traum kneifen konnte. Wenn das stimmte, war diese Methode vollkommen nutzlos.

Seine Gedanken wanderten zu einem anderen interessanten Phänomen. Was flackerte da oben an der Decke? Kleine Wellen und die Spiegelungen von Wasserpfützen schienen über seinem Kopf umherzutanzen.

Komisch. Er lag da und schaute und freute sich über den Effekt.

Dann merkte er, dass es im Zimmer kälter zu werden schien. Ein merkwürdiges Tropfen war plötzlich zu hören. Tropf-tropf-tropf kam es von irgendwoher, aber es hörte sich nicht wie ein Wasserhahn an.

Ein Windstoß brachte salzige Meerluft ins Zimmer. Das Geräusch von sanften Wellen, die an den Strand spülten. Und plötzlich das Getrappel von Pferdehufen auf dem harten Sand.

Tony setzte sich auf.

Er saß tatsächlich in seinem Bett, aber das Bett stand am Rande einer Felsenhöhle direkt am Meer. Der Tag – und es war Tag, möglicherweise Vormittag – war hell und freundlich.

Tony sah ein uraltes Schiff, das auf einem Felsen vor der Küste gestrandet war. Der hölzerne Rumpf war ganz und gar durchlöchert. Es hatte drei hohe Masten, einer davon war kurz unter der Spitze gebrochen, und zerrissene Segel hingen von den Masten herab. Tony erinnerte es an die Piratenschiffe, die er aus Büchern kannte.

Und da war auch das Pferd, das er gehört hatte, ein großes weißes, es kam angetrabt, schnaubte, stampfte mit den Hufen und warf den Kopf in die Luft.

Eine junge rothaarige Frau saß darauf in einem Damensattel, wie früher. Ein großer roter Samtumhang fiel schützend über ihr reich besticktes Kleid.

Die Frau blickte auf das Wrack, dann über den Strand und dann in Tonys Richtung. Er zitterte, als sie vom Pferd stieg und auf die Höhle zuging und dabei ihre großen Augen unverwandt auf ihn richtete, sodass er sich nicht rühren konnte.

Wer war sie, und was wollte sie? Die Frau hob ihren Umhang an und achtete darauf, nicht in eine Pfütze zu treten.

Sie ging an Tony vorbei, als sei er unsichtbar. Dann sank sie auf die Knie. Erst da bemerkte Tony, dass außer ihm noch jemand in der Höhle war. Ein junger Mann, blass und elegant und offensichtlich todkrank, lag auf dem Boden.

Tony riss den Mund auf, als er ihn erkannte. Es war Wenzel, der junge, mutige Vampir aus seinem Traum, der von der Klippe gesprungen war, um den Edelstein zu retten. Und nun lag er bewusstlos in einem dunklen Winkel dieser Höhle! Mit der rechten Hand umklammerte er etwas Goldenes, Glänzendes.

Die Frau löste die große Brosche, mit der ihr Umhang zusammengehalten wurde, und Tony erkannte darauf ein Familienwappen. Er konnte es ganz genau erkennen: zwei Hirsche mit riesigen Geweihen und über ihnen zwei gekreuzte Schwerter.

Die Frau breitete den Umhang über Wenzel aus, und dann griff sie nach seiner Hand und zwang die steifen, klammen Finger auseinander. Und dann sah man es, das rote Juwel, den kostbaren Edelstein!

Sie nahm ihn und hielt ihn hoch, und ihr Gesicht verklärte sich, als der Stein die Sonnenstrahlen und das Glitzern der Meereswellen bündelte und reflektierte.

WAMMM! Eine Männerhand umklammerte ihr Handgelenk, und sie schrie laut auf.

Wenzel war aufgewacht. Er zischte und entblößte seine Vampirzähne.

Vor Schreck sprang Tony zurück und stieß mit dem Kopf an die Felswand. Tock, tock, tock!

Mit einem Ruck wurde Tony wach und war wieder in seinem Zimmer.

Tock, tock! Das Geräusch kam vom Fenster. Tony sprang aus dem Bett und öffnete es. Draußen stand eine dunkle Gestalt.

«Rüdiger! Du bist zurückgekommen!»

«Ich musste zurückkommen», antwortete der kleine Vampir. Er sprang ins Zimmer und wischte sich mit dem Handrücken über den Mund.

Tony verzichtete darauf, ihn zu fragen, was er gerade gemacht hatte, denn er nahm an, dass Rüdiger den Weg zu Bauer McLaughlins Stall jetzt alleine fand. «Können wir wieder fliegen?», fragte er stattdessen.

«Nein, das ist viel zu gefährlich», sagte Rüdiger. «Ich bin bloß deswegen wiedergekommen.» Er hielt Tonys Bild von

dem Amulett mit dem roten Edelstein hoch, den Tony gerade wieder im Traum gesehen hatte. «Das ist es, wonach wir die ganze Zeit suchen!»
«Das?», fragte Tony überrascht. «Du kannst es gern behalten.»
«Wo hast du das her?»
«Wo ich das herhabe? Ich habe es gemalt.»
«Aber die Vorlage, das Original! Wo hast du es gesehen?»
«Na ja, ich ...» Tony zögerte, weil er nicht zugeben wollte, dass er bloß davon geträumt hatte, und weil er Angst hatte, dass Rüdiger ihn dann nicht ernst nehmen und wieder verschwinden würde. Nachdenklich kniff er die Augen zusammen. Vielleicht konnte er etwas aushandeln ... «Ich sag's dir erst, wenn wir 'ne Runde geflogen sind.»
«Tony!», sagte Rüdiger. «Das hier ist kein Spiel!»
Er sah aus dem Fenster zum Mond hinauf. Dann drehte er sich wieder zu Tony um. «Gut. Es ist wirklich kein Spiel, aber du hast gewonnen.»
«Soll das heißen ...», begann Tony.
Aber bevor er weitersprechen konnte, hatte Rüdiger ihn gepackt und zum Fenster gezogen.

Fünf Minuten später landeten sie auf dem alten Friedhof bei der Kirchenruine.
«Immer noch nicht», murmelte Rüdiger, als sie landeten. Tony wagte nicht, ihn zu fragen, was er damit meinte. Rüdiger schien ziemlich schlechte Laune zu haben, und Tony wusste noch viel zu wenig über die Launen von Vampiren.
Tony besah sich die abgebrochenen Säulen, die von Efeu überwucherten Mauern und die alten Grabsteine voller Unbehagen. Kein Lüftchen regte sich. Alles war totenstill. Viel-

leicht war es doch gefährlich, mit einem Vampir an einem derartigen Ort zu sein. Alles sah sehr unheimlich aus, und er fragte sich, warum Rüdiger mit ihm ausgerechnet hierher gekommen war. Aber vielleicht wollte Rüdiger ihm nur zeigen, dass Vampire es nicht leicht hatten.

«Das Fliegen finde ich wirklich gut», sagte Tony nach einer Weile, um überhaupt etwas zu sagen. «Daran könnte ich mich direkt gewöhnen. Aber all das andere ...» Er machte eine Armbewegung in Richtung auf die Reihen der Gräber.

Rüdiger hörte ihm gar nicht richtig zu. Er schaute in den Himmel. Der Komet leuchtete in dieser Nacht noch heller, und er kam dem Mond noch näher als in den vorangegangenen Nächten.

«Also gut. Ich habe meinen Teil der Abmachung erfüllt. Jetzt bist du dran. Woher kennst du dieses Amulett?»

«Ich ... na ja ...», sagte Tony ziemlich schuldbewusst. «Also das echte hab ich nie gesehen, nur im Traum ...»

«Du hast das echte Amulett nie gesehen?»

«Wie ich schon gesagt habe: Ich sehe es immer nur im Traum, das Amulett, den Kometen, den Mond, die Vampire, den Vampirjäger, dich ...» Tony machte eine kurze Pause. «Vielleicht haben meine Träume ja irgendeine tiefere Bedeutung.»

Rüdiger schnaubte verächtlich.

«Sag mir doch», begann Tony und gab sich alle Mühe, mit Rüdiger ins Gespräch zu kommen, «was an diesem Amulett so wichtig ist, warum es dir so viel bedeutet.»

«Das geht nicht. Es ist ein Geheimnis», erwiderte Rüdiger.

«Ach, komm schon!», drängte Tony. «Wem sollte ich denn was verraten? Wer würde mir schon glauben?»

Rüdiger sah ihn mit kalten Augen an. Er sah wirklich wie fünfhundert aus und furchtbar müde.
«Wenn du mir das Geheimnis verrätst», sagte Tony, «kommen wir vielleicht weiter!»
Rüdiger dachte einen Moment nach, bevor er eine Entscheidung fällte. Dann lächelte er. Tony atmete erleichtert auf.
«Na gut», sagte Rüdiger. «Wahrscheinlich hast du Recht. Bestimmt hat dein Traum etwas zu bedeuten.» Er zeigte in den Himmel. «Weißt du, was das ist?»
«Ein Komet. Der Komet Forsey.»
«Für euch vielleicht. Wir nennen den Kometen Attamon. Er ist der Komet der verlorenen Seelen. Für uns ist er der Schlüssel zur Aufhebung des Fluchs, der auf uns lastet.»
«Welcher Fluch?»
«Der Fluch, Vampir zu sein.» Rüdiger seufzte. «Vor dreihundert Jahren haben wir unsere größte Chance verpasst. Und bei der großen Versammlung in zwei Nächten werden wir sie wieder verpassen und wieder dreihundert Jahre warten müssen, wenn wir bis dahin nicht den Stein haben.» Er zeigte auf Tonys Zeichnung. «Der Stein von Attamon, in der Mitte des Amuletts. Er ist ein Stück des Kometen. Vor vielen Jahrhunderten brach er aus ihm heraus und fiel auf die Erde. Ein großer Magier hat daraus das Amulett gemacht und es uns übergeben, damit wir es benutzen können, wenn die Zeit gekommen ist. Und dann haben wir den Stein vor dreihundert Jahren verloren.»
«Hab ich gesehen. Er ist ins Meer gefallen, nicht?»
Rüdiger sah ihn beeindruckt an. «Stimmt. Mein Onkel Wenzel hat noch versucht, ihn zu retten. Aber wir haben den Stein nie wieder gesehen seit jener Nacht, und dabei haben wir ihn überall gesucht.»

Tony legte eine Hand auf Rüdigers Schulter.
«Ich helfe dir, den Stein zu suchen. Wahrscheinlich ist das der Sinn meiner Träume.»
«Hoffentlich hast du Recht ...»
Der kleine Vampir hörte plötzlich auf zu sprechen. Ein merkwürdiger Wind kam auf und rüttelte an den Baumkronen.
«Versteck dich!», sagte Rüdiger. «Meine Eltern kommen.»

14. Kapitel

Hoch über den Gräbern standen zwei ungewöhnliche Gestalten mit wehenden Umhängen auf einer Mauerruine und blickten in den Himmel. Sie wirkten wie antike Götter, groß, mächtig, streng und alles in allem ein wenig unterernährt und knochig. Rüdiger brauchte seine Warnung nicht zu wiederholen. Tony hatte sich hinter einen großen Grabstein geflüchtet. Ängstlich lugte er um die Ecke.
Die Neuankömmlinge hatten blasse, traurige Gesichter, und ihre Augen wirkten hohl. Der Staub von Jahrhunderten schien auf ihren Gewändern zu liegen, aber Tony erkannte sie. Auch sie hatte er in seinem Traum gesehen.
«Vater! Mutter!», rief Rüdiger.
Als hätten sie ihn erst jetzt bemerkt, schauten sie in seine Richtung. Hildegard von Schlotterstein, Rüdigers Mutter, lächelte.
«Rüdiger!», sagte sie. «Endlich!»
Ludwig von Schlotterstein und seine Frau schwangen sich

von der Mauer herab und flogen mit flatternden Umhängen auf ihren Sohn zu. Rüdiger rannte ihnen entgegen und umarmte sie stürmisch.
Seine Mutter strich ihm übers Haar.
«Ich danke den Sternen, dass du in Sicherheit bist», sagte sie. «Wir hatten solche Angst, dass ...»
«Dass Geiermeier mich erwischt hätte?», fragte Rüdiger. «Hätte er auch fast. Er treibt sich hier in der Gegend herum.»
«Gefährliche Zeiten», sagte Ludwig und schüttelte besorgt den Kopf. «Und wo sind Lumpi und Anna?»
«Ich habe sie noch nicht gesehen», antwortete Rüdiger.
«Ju-hu!», ertönte da eine helle Stimme.
Wie aus dem Nichts erschien plötzlich ein Mädchen, von einer Staubwolke umhüllt. Auf einem heruntergefallenen Mauerbrocken saß sie nur ein paar Meter von Rüdiger entfernt. Tony starrte sie an. Wenn Mr. Boggins hier gewesen wäre, hätte er sicher gesagt, dass Tony den Mund wieder zumachen sollte. Das Mädchen war etwa in Tonys Alter, hatte lange blonde Haare und trug ein kostbar besticktes rotes Kleid, das von schwarzer Spitze überzogen war. Sie saß einfach so da und fächelte sich mit einem kleinen eleganten Fächer Luft zu, als sei es die natürlichste Sache der Welt, einfach aus dem Nichts aufzutauchen.
«Ich habe die am wenigsten befahrenen Straßen benutzt», sagte sie. «Und ...»
«Und dann die Orientierung verloren», sagte Ludwig tadelnd. Er sah sich im Kreis seiner Familie um. «Einer fehlt noch immer.»
In diesem Moment kam ein sehr blasser Junge hinter einem Grabstein hervor. Er mochte vierzehn oder fünfzehn Jahre

alt sein, hatte schwarze Haare, die ihm wie Stacheln vom Kopf abstanden, und trug einen Mantel aus Schlangenhaut.

«Lumpi!», rief Hildegard und lächelte.

«Ich hab grad ein tolles Versteck für uns gefunden», sagte Lumpi und zeigte auf ein Loch in der Erde.

«Gut gemacht», lobte seine Mutter und wollte ihm übers Haar streicheln. Lumpi zog eine Grimasse und drehte den Kopf weg. «Lass das!»

«Ihr dürft euch nicht so weit von uns entfernen», sagte Ludwig. «Wir leben in schwierigen Zeiten und –»

«Weiß jemand etwas Neues von dem Stein?», fiel Rüdiger ihm ins Wort.

«Du sollst deinen Vater nicht unterbrechen!», sagte Ludwig erbost.

«Aber ich …»

«Rüdiger!»

Ludwig von Schlotterstein sah hinauf zu dem Kometen und breitete die Arme aus. «Wir leben in schwierigen Zeiten, und ich muss meine ganze Kraft einsetzen, damit wir unser Ziel erreichen. Geiermeier ist wieder auf der Jagd. Wir müssen uns im Verborgenen halten, müssen den Schatten und dunkle Orte aufsuchen und dürfen uns nur in den tiefsten Nachtstunden im Freien aufhalten.»

Diese Rede war Rüdiger, Anna und Lumpi so vertraut, dass sie sie im Chor mitsprechen konnten. Und das taten sie.

«Wir müssen stets zusammenbleiben», sagte Lumpi. «Denn ich kann mich nicht gleichzeitig auf die Suche nach …»

«… dem Stein von Attamon und nach …», sagte Anna.

«… euch Kindern begeben», sagte Rüdiger. «Wir machen uns große Sorgen um euch …»

«… eure arme Mutter und ich», sagten alle gleichzeitig.
«Lasst das, Kinder!», tadelte Hildegard, als sie Ludwigs düstere Miene sah.
«Aber Vater!», antwortete Rüdiger. «Ich wollte doch nur …»
«Rüdiger, nimm dich zusammen! Eines möchte ich noch ergänzen …»
«Soll das die ganze Nacht so weitergehen?», beschwerte sich Lumpi.
«Was ich euch sagen will, ist wirklich wichtig!», erklärte Rüdiger. «Ich habe eine Spur gefunden.»
«Du?», sagte sein Vater zweifelnd. «Du bist doch erst neun Jahre alt!»
«Danke, dass du mich dauernd daran erinnerst!»
«Wie solltest du verstehen, welch schwierige Aufgabe vor uns liegt?»
Tony wurde unruhig. Er spürte sein Herz bis zum Hals klopfen. Warum konnte Ludwig von Schlotterstein nicht eine Minute zuhören? Waren Väter denn wirklich alle gleich?
Plötzlich merkte er, dass Lumpi in seine Richtung sah. Lumpi horchte und sog prüfend die Luft ein.
O nein, dachte Tony. Er hat mich bemerkt!
WUUUSCH!, zischte es durch die Luft, und dann stand Lumpi auch schon direkt neben ihm.
«Aaah!», machte Lumpi, und seine Augen funkelten angriffslustig. «Was haben wir denn da?» Er streckte eine Hand nach Tony aus, aber da war mit einem zweiten WUUUSCH! Rüdiger zwischen ihnen.
«Nein!», rief Rüdiger. «Er ist … er ist … unser Freund.»
«Unser Freund?», fragte Lumpi höhnisch. «Das, Bruderherz, glaube ich nicht.»
«Lumpi!», rief Hildegard. «Was geht da vor?»

Tony hatte keine andere Wahl. Er trat aus seinem Versteck heraus. Alle starrten ihn überrascht an. Vielleicht war es seine moderne Kleidung, die sie verwirrte.
«Ich kann mich nicht erinnern, dass wir irgendwelche Freunde haben», sagte Ludwig.
«Aber er sieht wirklich nett aus», sagte Anna, indem sie Tony von oben bis unten betrachtete. Ihr Fächer bewegte sich jetzt schneller. «Zu welchem Clan gehört er, Rüdi?»
«Ja, Rüdi», imitierte Lumpi seine kleine Schwester, «erzähl uns doch ein bisschen von ihm! Welch ehrenwertem Clan der Untoten entstammt dieser edle Vampirsprössling?»
«Gar keinem», antwortete Rüdiger. «Er heißt Tony und ist ein Sterblicher.»
«Oooh!», kreischte Anna voller Entzücken über diesen Nervenkitzel.
«Ein Sterblicher!», sagte Ludwig fassungslos.
«Ach, Rüdiger!», seufzte Hildegard. «Hältst du das wirklich für klug?»
«Hab ich's doch gerochen!», sagte Lumpi. «Und ein ziemlicher Leckerbissen scheint er obendrein zu sein.»
Ludwig kam bedrohlich nah auf Tony zu und betrachtete ihn eingehend. Tonys Knie begannen zu zittern, wie sie noch nie zuvor gezittert hatten. Ludwig war sehr groß und sah furchtbar gefährlich aus.
Und dann seine Vampirzähne! So lang und scharf!
Ludwig streckte einen knochigen Finger aus, legte ihn Tony unters Kinn und hob ihn mühelos hoch. Einen halben Meter über dem Erdboden strampelte Tony mit den Beinen, während Ludwig seinen Hals untersuchte.
«Ich hab ihn nicht gebissen», sagte Rüdiger. «Das würde ich niemals tun!»

«Ich bin Rü...rü...rüdigers Fa...fa...fa...Freund», stammelte Tony. «Ne...ne...nett, Sie ke...ke...kennen zu le...le...lernen.»
«Du kannst vieles für meinen Sohn sein», sagte Ludwig gefühllos. «Sein Verderben, sein Sklave, seine Zwischenmahlzeit. Aber sein Freund kannst du niemals sein. Was sollen wir mit dir also anfangen?»
Lumpi schnaubte. «Das fragst du noch?»
«Lumpi!», sagte Hildegard. «Du weißt doch, dass wir uns nicht an Menschen vergreifen!»
«Was für Vampire sind wir eigentlich?», rief Lumpi.
«Wir sind Vampire, die sich nicht an Menschen vergreifen!», antwortete sein Vater.
«Er mag Vampire», sagte Rüdiger. «Das versuche ich schon die ganze Zeit zu erklären. Er träumt sogar von uns.»
«Ist das wahr? Du träumst von mir, Sterblicher?», fragte Anna und warf ihm über den Fächer hinweg einen zärtlichen Blick aus ihren großen grauen Augen zu.
«Außerdem weiß er über den Stein von Attamon Bescheid. «Genauer gesagt ...» Rüdiger hörte auf zu sprechen, als er in das Gesicht seines Vaters blickte. Ludwig war totenbleich geworden.
«Denk an deinen niedrigen Blutdruck!», warnte Hildegard.
«Er weiß von dem Stein?», sagte Ludwig, und seine Augen funkelten vor Zorn. «Dann hat er dir also auf irgendeine hinterhältige Weise das Geheimnis entlockt. Er ist ein Spion, ein Hilfsknecht von Geiermeier!»
«Liebling!», sagte Hildegard.
«Vielleicht hat Lumpi Recht», sagte Ludwig finster.
«Ja!», rief Lumpi triumphierend. «Endlich!»

«Nein!», schrie Rüdiger.
«Liebling, bedenke die Konsequenzen deiner Entscheidung!» Hildegard streckte jetzt selbst einen Finger aus und legte ihn Tony unters Kinn. Dann hob sie Tony in die Höhe. Sie lächelte. «Er sieht doch wirklich nicht aus wie ein Spion, oder?»
«Spion der Sterblichen zu sein / Lädt zu List und Tücke ein / Er geht verkleidet, und sein Mund / Tut stets und ständig Lügen kund», zitierte Lumpi düster. «Das habt ihr uns doch selbst beigebracht!»
Hildegard setzte Tony neben Rüdiger ab. Tony hatte das Gefühl, sein Unterkiefer sei gebrochen. Noch nie hatte er versucht, sich am Kinn aufzuhängen und den Körper baumeln zu lassen. Jetzt wusste er, warum.
«Er hat mich vor Geiermeier gerettet», erklärte Rüdiger und legte Tony schützend eine Hand auf die Schulter.
«O vielen Dank, Tony, das war sehr nett von dir», sagte Hildegard und lächelte freundlich.
«Mein Sohn soll einem Sterblichen das Leben verdanken?» Ludwig schüttelte den Kopf. «Das kann ich nicht glauben.»
«Rüdiger hat die letzte Nacht in meinem Koffer verbracht», sagte Tony. «Bei mir zu Hause.»
Ludwig lachte laut auf. Aber es klang alles andere als lustig. «Das wird ja immer unglaubwürdiger!»
«Es ist die Wahrheit, Vater», sagte Rüdiger. «Wir können Tony wirklich vertrauen.»
«Unsinn!»
Hildegard legte ihrem Mann eine Hand auf den Arm. «Nicht einmal Rüdiger könnte sich eine derartige Geschichte ausdenken. Oder etwa doch, Rüdiger?»

Rüdiger sah sie mit großen Augen an, schüttelte den Kopf und wirkte so unschuldig, wie das bei einem Vampir möglich war.
«Ludwig, selbst wenn er ein Sterblicher ist, so ist er doch trotzdem noch ein Kind», flüsterte Hildegard ihrem Mann ins Ohr. «Aber bitte, wenn du darauf bestehst ...»
Tony schluckte.
«Das hatte ich niemals vor», entgegnete Ludwig irritiert. «Als ob wir zurzeit nicht schon genug andere Sorgen hätten.»
Hildegard lächelte beruhigt. Sie hatte erreicht, was sie wollte.
«Heller Wahnsinn, das Ganze, aber dennoch ...» Ludwig zeigte zum Friedhofsausgang. «Du kannst gehen.»
«Und Rüdiger?», sagte Tony.
«... hätte sich niemals mit dir einlassen dürfen», erwiderte Ludwig. «Und jetzt geh!»
«Aber was ist mit dem ...»
«Geh jetzt!», rief Ludwig mit einer Stimme wie Donnerhall. Er schien größer zu werden, und in seinen Augen loderte ein unheimliches Feuer.
Entsetzt drehte Tony sich um und rannte davon.

15. Kapitel

«Nun zu dir, Rüdiger», sagte Ludwig. «Du hast einen sehr schwer wiegenden Fehler begangen, indem du einem Sterblichen unser Geheimnis verraten hast.»

«Aber in seinen Träumen sieht er ...»
«Still, jetzt rede ich! Es gibt keine ...» FTTTT-WUSCH! Etwas Kleines zischte an seinem Ohr vorbei. «Was war das?»
Die Vampire sahen sich suchend um.
Tony hatte das eigenartige Geräusch auch gehört. Er drehte sich danach um und KRACH! stolperte er über einen merkwürdigen Schlauch, der sich über den Weg wand. Der Länge nach fiel er hin und schürfte sich Hände und Knie auf.
FTTTT-WUSCH! PING!
Da war es wieder.
FTTTT-WUSCH! KLACK!
Diesmal konnte Tony etwas erkennen, das wie ein kleiner Pfeil aussah. Dann hörte er Schreien und Kreischen, wie in seinen Träumen ... die Geräusche, die die Vampire machten, wenn sie vor dem Vampirjäger flohen!
Tony spähte über eine niedrige Mauer. Er sah, wie Hildegard von Schlotterstein ihre Kinder um sich scharte. Ludwig von Schlotterstein stand – genau wie in Tonys Traum – groß und aufrecht da. Langsam drehte er seinen Kopf von einer Seite zur anderen, um den Standort des verborgenen Angreifers ausfindig zu machen.
Tony erblickte ihn zuerst. Er stand hinter einem Grabstein ungefähr zehn Meter entfernt: Geiermeier! In der Hand hielt er etwas, das wie ein ultramoderner Staubsauger aussah. Nun trat Geiermeier aus dem Schatten des Grabsteins heraus und zielte auf Ludwig.
FTTT-WUSCH! Wieder schoss ein hölzerner Pfeil aus dem Gerät heraus, schwirrte knapp an Ludwigs Kopf vorbei und bohrte sich in die Mauer. Ludwig hob schützend seinen Umhang und zischte und fauchte.

Geiermeier näherte sich ihm mit einem triumphierenden Grinsen.
Tony erkannte den Schlauch, der aus der Schusswaffe kam. Es war der Schlauch, über den er gerade gestolpert war. Er führte zu Geiermeiers Laster, wo ein Kompressor vor sich hin wummerte.
Ohne zu überlegen, griff Tony nach seinem Taschenmesser und schnitt den Schlauch durch.
Geiermeier spannte aufs Neue den Abzugshahn.
PFFFT! Ein Holzpfeil kam aus der Waffe und plumpste auf den Boden.
«Was, zum Teu...», entfuhr es Geiermeier.
«Es gibt also doch noch echte Ritterlichkeit!», rief Anna, die aus ihrem Versteck heraus alles ganz aufgeregt beobachtet hatte. Hildegard legte ihr eine Hand auf den Mund und zog sie fort, in Sicherheit.
Ludwig nutzte seine Chance. Mit einem wüsten Schrei und weit ausgebreiteten Armen stürzte er auf Geiermeier zu, und ohne ihn überhaupt zu berühren, versetzte er ihm einen derartigen Schlag, dass Geiermeier rücklings über eine niedrige Mauer stürzte.
«AAARRR!», brüllte Geiermeier und fiel in ein Brombeergebüsch.
Ludwig setzte ihm nach.
Geiermeier warf seine schwere Schusswaffe weg und griff nach etwas anderem – einem großen Kreuz.
Ludwig heulte auf und blieb wie angewurzelt stehen.
Geiermeier drückte auf einen Knopf, und das Kreuz begann in einem harten, flackernden, violetten Licht zu leuchten. Es war elektrisch! Geiermeier schleuderte es Ludwig ins Gesicht.

Der taumelte zurück und schrie vor Schmerz laut auf, wandte sich ab und zog den Umhang vor seinen Kopf. Dann zischte es, Ludwig zitterte und schwankte – und plötzlich war er verschwunden.
Geiermeier lag noch immer am Boden und atmete schwer. Er sah sehr wütend aus.
Plötzlich wurde Tony bewusst, dass Rüdiger mit der kompletten Vampirfamilie geflohen war und dass er mit Geiermeier allein war. Niemand hatte auch nur die leiseste Ahnung, wo er steckte, und es würde Stunden dauern, bis ihn überhaupt jemand vermisste.
Er versuchte, sich möglichst geräuschlos davonzuschleichen, aber Geiermeier konnte ihn hören, noch bevor er ihn sah.
«Ha!», brüllte er. «Nicht schon wieder du!»
Tony rannte los, so schnell er konnte. Die Wege waren rutschig von gefallenem Laub. Tony konnte Geiermeiers Schritte hinter sich hören, sie machten schmatzende Geräusche auf dem feuchten Boden, und sie kamen näher und näher, wie in einem Albtraum.
Plötzlich sah Tony, dass sein Weg in wenigen Metern endete. Eine Sackgasse! Ein undurchdringliches Dickicht von dornigen Büschen lag vor ihm. Er drehte sich um. Geiermeier kam wild entschlossen auf ihn zu. Dabei hielt er Tony siegesgewiss das elektrische Kreuz entgegen. Doch es schien überhaupt keine Wirkung zu haben. Geiermeier versetzte ihm einen Schlag mit der anderen Hand und hielt es wieder hoch. Nichts passierte. Er starrte Tony mit hochgezogenen Augenbrauen an, und ein Funken Angst blitzte in seinen Augen auf.
«Was für eine Sorte Blutsauger bist du?», sagte er mit angehaltenem Atem. «Dies hier sollte dich ...»

«Es gibt keine Vampire!», schrie Tony. «Das sagt auch mein Vater.»
«Ach!», sagte Geiermeier, der langsam begriff. «Ein kleiner Vampirfreund, was? Wart's nur ab! Eines Tages erwischen sie dich, und dann kannst du sehen, was deine Freundschaft wert ist! Aussaugen werden sie dich, bis nichts mehr von dir übrig ist!»
Er warf das Kreuz weg und machte – die gewaltigen, stark behaarten Arme vorgestreckt – einen Satz auf Tony zu.
Tony wich einen Schritt zurück, und PLOFFF! fiel er in ein enges Loch. Mit Armen und Beinen rudernd, rutschte er gut zehn Meter in die Tiefe. Erde und kleine Steine gingen über ihm nieder, als er in totaler Dunkelheit auf einem feuchten Steinboden landete. Sein Herz schlug so laut, dass er es hören konnte. Seine Nase war voller Erde und Schlamm.
Plötzlich legte jemand oder etwas eine kleine trockene Hand auf seinen Mund und zog ihn fort durch einen dunklen Tunnel.
Geiermeier starrte in das Loch, als wartete er darauf, dass Tony jeden Moment wieder auftauchen würde. Sicherheitshalber feuerte er aus seiner Leuchtpistole mehrere Kugeln in die dunkle Tiefe.
«Ich erwisch dich, du Verräter!», brüllte er dabei.
Die Leuchtkugeln verbreiteten ein grelloranges Licht, zischten und strahlten Geiermeiers Gesicht gespenstisch von unten an. Er grinste teuflisch.
«He, Sie da!», sagte eine Stimme hinter ihm.
Geiermeier drehte sich um und sah einen Mann vor sich, der auf einem Fahrrad saß. Es war der Friedhofswärter auf seiner nächtlichen Patrouille.
«Was haben Sie hier zu suchen?», fuhr er Geiermeier an.

«Das geht Sie gar nichts an», sagte Geiermeier.
«O doch!», sagte der Friedhofswärter. «Schließlich ist es mein Friedhof. Öffnungszeit ist von Sonnenauf- bis Sonnenuntergang.» Jetzt bemerkte er den schwächer werdenden Schein der Leuchtkugeln. «Sie sollten sich schämen, in Ihrem Alter noch mit Feuerwerk herumzuspielen! Und nun machen Sie, dass Sie wegkommen!»
Geiermeiers Finger spielten am Abzugshahn der Leuchtpistole, aber dann besann er sich und verzichtete darauf, den Friedhofswärter auf einen moderneren Friedhof zu befördern. Er hatte keine Lust, die Sache später erklären zu müssen und Schwierigkeiten zu bekommen. Also steckte er die Waffe wieder ein.
«Tut mir furchtbar Leid», sagte er mit seiner charmantesten Stimme. «Wird nicht wieder vorkommen.»
«Na gut», sagte der Friedhofswärter. «Dann halten Sie sich aber auch daran!»
Damit setzte er sich auf sein Fahrrad und kurvte durch den Nebel zurück zum Pfarrhaus.
Geiermeier sah ihm nach und kratzte sich nachdenklich am Kinn.

16. Kapitel

«Alles in Ordnung, Tony», sagte Rüdiger. «Wir sind's.»
Tony schlug die Augen auf. Er lag auf dem Rücken, und die ganze Vampirfamilie stand um ihn herum. Sie befanden sich in einem unterirdischen Raum, vielleicht der alten Krypta

unterhalb der Kirche. Gewaltige Grundmauern ragten ringsum auf. Düstere Tunnel zweigten in alle Richtungen ab. Überall waren Nischen eingelassen, in denen Statuen und Urnen standen.

Tony kam schwankend auf die Füße und schüttelte notdürftig den Schmutz aus seiner Kleidung. Er putzte sich die Nase, und Erde und Schlamm flogen aus seinem Taschentuch. Danach konnte er wieder riechen: feuchte Erde und Schimmel.

«Was du da getan hast, war sehr töricht», sagte Ludwig von Schlotterstein.

«Töricht vielleicht, aber auch sehr, sehr mutig», sagte seine Frau.

«Danke», murmelte Tony, weil er nicht wusste, was er sonst sagen sollte.

Annas Augen leuchteten vor Bewunderung. Auch Rüdiger sah ihn voller Stolz an. Nur Lumpi warf Tony einen düsteren Blick zu.

«Echt klasse, dass du den Schlauch durchgeschnitten hast», sagte Rüdiger.

«Er lag direkt vor mir, da hab ich's einfach getan. Ich hab nicht mal nachgedacht. AAARRR!»

Plötzlich stürzte Lumpi sich mit einem Schrei auf Tony. Er warf Tony zu Boden, und dann saß er dämonisch grinsend auf seiner Brust.

«LUMPI!», rief Ludwig und zog ihn hoch. «Was soll das?»

«Was das soll? ‹Er lag direkt vor mir, da hab ich's einfach getan!›» Lumpi lachte wie wahnsinnig. «‹Ich hab nicht mal nachgedacht!› So ein Angeber!»

«Wahrscheinlich hat Tony dir das Leben gerettet. Bedeutet dir das denn gar nichts?»

«Das glaubst du doch selber nicht! Fallt bloß nicht auf ihn herein! Bestimmt ist er Geiermeiers Hilfsknecht, das hast du vorhin selbst gesagt! Ich wette, dass er es war, der Geiermeier auf unsere Spur gebracht hat!»
Ludwig zeigte auf einen der Tunnel. «Geh! Lass uns allein und bereite das Schlafgemach vor! Wir sprechen uns noch!»
Lumpi machte sich murrend davon, die Hände in den Taschen vergraben. Er trat nach einer fetten schwarzen Ratte, die den Fehler begangen hatte, ihm in den Weg zu laufen.
«Ich muss mich bei dir entschuldigen, Tony», sagte Hildegard. «Lumpi ist in der Pubertät, weißt du. Der arme Junge hat sich nicht immer unter Kontrolle.»
Ludwig kniete sich neben Tony.
«Wollen mal sehen, ob er irgendwelchen Schaden angerichtet hat», sagte er. Er sah jetzt viel freundlicher aus. Seine Augen kamen Tony zwar immer noch wie tiefe Abgründe vor, aber es lag auch die Weisheit einer jahrhundertelangen Erfahrung darin.
Als er sich vorbeugte, fiel ein schwerer Goldring aus seinem Gewand, der nun direkt vor Tonys Augen an einer Kette baumelte.
Tony erkannte den Goldring sofort. In der Mitte, wo eigentlich der Stein von Attamon sitzen musste, klaffte ein Loch. Das also war die eine Hälfte des magischen Amuletts, das Tony in seinen Träumen gesehen hatte! Wie hypnotisiert griff er danach.
Ludwig wich zurück. «Nicht, Tony! Ich brauche es, um den Clan zusammenzurufen.» Er versuchte, Tonys Finger von dem Amulett zu lösen, aber Tony wollte oder konnte es nicht

loslassen. Ludwig sah ihn beunruhigt an. «Nein!», sagte er laut. «Nimm die Finger davon!»
Tonys Finger begannen rot zu glühen, als hätten sie Feuer gefangen.
«Nein!», rief Ludwig noch einmal.
Tony schloss die Augen. Dieses Mal sah er eine Reihe schnell auftauchender und wieder verschwindender Bilder, Erinnerungen an Dinge und Szenen, die er schon einmal erblickt hatte, so, als spulte sein Gehirn die Geschichte im Schnelldurchlauf ab wie ein Videorekorder.
Die Vampire sangen, als sie das Amulett hochhielten. Geiermeier kam drohend näher. Der Stein fiel über die Klippen und flog ins Meer. Wenzel stürzte sich verzweifelt in die Fluten, um ihn zu retten. Dann übergab Wenzel den Stein an die Frau, deren Umhang von der Brosche mit dem Familienwappen zusammengehalten wurde. Ein Blitz traf das Familienwappen, und es ging in Flammen auf.
Tony machte die Augen auf und zitterte. Er war wieder in dem unterirdischen Gewölbe.
Neben ihm hockte Ludwig und starrte auf den goldenen Ring. «Das ist mir noch nie passiert! Ich hatte eine Vision aus unserer Vergangenheit!», sagte er und sah Tony verwundert an. «Und dir ist es genauso ergangen, hab ich Recht? Du hast dasselbe gesehen wie ich!»
Tony nickte. «Sie und den Mond und den Kometen ...»
«Die ganze Zeremonie. Und Wenzel ...»
«Ich hab doch gesagt, dass er von uns träumt!», rief Rüdiger.
«Dieses Kind hegt in der Tat Sympathien für uns», sagte Hildegard.
«O wie schön!», seufzte Anna.

«Wenn diese Vision die Wahrheit offenbart», sagte Ludwig, «dann hat Wenzel den Stein gefunden.» Er ging auf und ab und dachte nach. «Dann ist es wahr, was man sich erzählt: Er ist dem Meer entkommen und irgendwo an Land gespült worden.»

«Aber wo ist er jetzt?», fragte Hildegard. «Das liegt doch schon Jahrhunderte zurück. Es gibt so viele Küsten auf dieser Erde, und wir können sie nicht alle absuchen!»

«Er muss irgendwo in der Nähe sein, darum hat es uns nach all den Jahren hierher gezogen. Es scheint, als ob die Macht des Steins zunimmt, je näher der Zeitpunkt heranrückt.»

«Das klingt ja sehr viel versprechend. Aber was sollen wir jetzt tun?»

«In meiner Vision kam eine Sterbliche vor, die ich nie zuvor gesehen habe», sagte Ludwig. «Sie trug ein merkwürdiges Familienwappen.»

«Die Brosche, ja!» Tony nickte. «Ich hab sie ganz genau erkannt.»

«Wenn wir in Erfahrung bringen, zu welcher Familie dieses Wappen gehört, ist der Stein von Attamon sicher nicht mehr weit, er wird sich im Besitz dieser Familie befinden», sagte Ludwig. «Aber wie sollen wir das herausfinden?»

«Ich kann euch helfen», bot Tony an.

«Nein!»

«Aber ich könnte doch tagsüber danach suchen, wenn ...»

«Nochmals nein!»

«... ihr euch nicht rühren könnt.»

«Nein zum dritten Mal!», sagte Ludwig. «Es ist zu gefährlich, einem Sterblichen unsere Angelegenheiten anzuvertrauen. Wenn Geiermeier ...»

«Was haben wir denn noch zu verlieren?», rief Rüdiger. «Wir

suchen nun schon seit dreihundert Jahren und hocken immer noch in diesen Löchern!»
«Da siehst du es!», sagte Ludwig und sah seine Frau vorwurfsvoll an. «Das kommt dabei heraus, wenn man Kontakt zu Sterblichen pflegt: Ungeduld und Respektlosigkeit. Rüdiger ist schon genauso schlimm wie Lumpi.»
«Aber Liebling, er hat doch Recht!», sagte Hildegard und strich Rüdiger liebevoll über den Kopf. «Dreihundert Jahre sind eine lange Zeit, sogar für unsereinen.»
«Ach, Hildegard!» Ludwig seufzte. Dann sah er Tony von Kopf bis Fuß an und sagte nachdenklich: «Wie soll so eine halbe Portion wie du uns wohl helfen können?»
«Sterblicher, Liebling!», korrigierte Hildegard.
«Na ja, ich könnte ins Internet gehen, mir Bücher ansehen, in der Schule nachforschen. Alles Mögliche.» Tony holte tief Luft. «Auf jeden Fall kann ich's versuchen.»
«Nun gut», sagte Ludwig. «Dann hilf uns, wenn du kannst.»
Plötzlich drückte er Tony gegen die Mauer, und seine Augen funkelten drohend. «Aber nicht, dass du es dir noch einmal anders überlegst und uns an unsere verhassten Feinde verrätst! Sollte mir irgendetwas dieser Art zu Ohren kommen, ist dir meine Rache gewiss. Habe ich mich klar genug ausgedrückt?»
Tony nickte stumm.
«Gut», sagte Ludwig und trat zurück. «Jetzt musst du bestimmt nach Hause zurückkehren.»
«Sei vorsichtig, kleiner Sterblicher!», bat Hildegard und strich ihm übers Haar. Ihre Fingernägel waren lang und hart und kratzten.
«Ja, dann gute Nacht», sagte Tony und sah einen nach dem

anderen an. Er hatte keine Ahnung, wie er von hier aus nach Hause kommen sollte.
«Rüdiger wird dich begleiten», sagte Hildegard.
«Abschied nehmen ist so ein süßer Schmerz», sagte Anna und machte die Augen theatralisch auf und zu. «Gute Nacht, kleiner Ritter, bis morgen!» Dann hellte sich ihre Miene auf. «Ich weiß was! Ich werde ein Heldengedicht für dich schreiben.»
Ludwig und Hildegard von Schlotterstein sahen Rüdiger und Tony nach.
«Ein merkwürdiger Junge», sagte Ludwig. «Ein Sterblicher, der sich freiwillig mit unsereinem abgibt. Das ist doch vollkommen unnatürlich!»
«Die Nervenärzte in Wien haben bestimmt ein lateinisches Wort dafür», sagte Hildegard.
«Vampophilie», seufzte Anna verträumt. «Die Liebe zu Vampiren.»

17. Kapitel

Rüdiger und Tony gingen schweigend durch die dunklen Tunnel. Beide hingen ihren eigenen Gedanken nach. Nach einer Weile kamen sie zu einer alten, brüchigen Steintreppe. Vorsichtig Stufe für Stufe nehmend, erreichten sie die Erdoberfläche und spähten durch die knorrigen Wurzeln eines alten Baumes. Rüdiger sog die Luft ein und horchte.
«Alles klar», sagte er und half Tony die letzte Stufe hinauf. Sie befanden sich in einem abgelegenen Teil des Friedhofs.

Obwohl es – vorsichtig ausgedrückt – sehr interessant gewesen war, Rüdigers Familie kennen zu lernen, freute Tony sich doch, wieder im Freien zu sein. Statt feuchter Erde und Schimmel roch er Gras und Blumen, und vom Meer wehte salzige Luft herüber. Er atmete tief durch.
«Ich glaube, mein Vater mag dich», sagte Rüdiger.
«Das nennst du mögen?», wunderte sich Tony. «Er war drauf und dran, mir an den Kragen zu gehen!»
«Versteh doch: Er muss einfach misstrauisch sein. Schließlich sind die Sterblichen seit Jahrhunderten hinter uns her.»
«Aber warum? Warum habt ihr so viele Feinde?»
«Weil wir anders sind», sagte Rüdiger finster. «Ich meine, wir tun doch niemandem etwas! Die Menschen greifen uns ohne jeden Grund an. Sie stecken voller Vorurteile, einfach nur aus Tradition.» Er seufzte. «Du kannst dir nicht vorstellen, wie schrecklich es ist, ständig verfolgt zu werden.»
«O doch!», sagte Tony ebenso finster. «Ich habe dasselbe Problem, jeden Morgen in der Schule.»
«Du? Und warum?»
«Weil sie denken, ich bin verrückt. Weil ich von Vampiren träume und so dumm war, davon zu erzählen.»
«Bist du dir sicher, dass du gerade jetzt nicht träumst?»
«Na klar bin ich mir sicher! Das hier ist die Wirklichkeit.»
«Wie ist das eigentlich: träumen?»
«Kennst du das nicht?»
«Ich kann mich kaum noch daran erinnern. Und Vampire träumen nicht.»
«Sei froh! Dann hast du wenigstens keine Albträume.»
«Das stimmt. Dafür sind wir der Albtraum vieler Leute.» Der kleine Vampir lächelte. «Aber sag mal, wer wagt es, dich, den heldenhaften Bezwinger von Geiermeier, zu ...?»

«Wer?» Tony blieb stehen. Ihm war plötzlich eine Idee gekommen …

Nigel und Flint lagen in ihren Betten und schliefen tief und fest. Ein Vorhang bewegte sich in der leichten Brise, und zwei dunkle Gestalten schlüpften ins Zimmer.
Nigel bewegte die Nasenspitze.
Der Schatten einer Fledermaus glitt über seinen Kopf. Seine Augenlider zuckten, dann schlug er die Augen auf. Die größte, behaarteste, ekelhafteste Fledermaus, die er je gesehen hatte, griff ihn an, wieder und wieder.
«Flint!», rief Nigel. Flint richtete sich ruckartig auf, und die Fledermaus griff ihn an. «AAARRR!», brüllte er.
Die Fledermaus landete hinter dem Bett auf dem Fußboden, wo die Brüder sie nicht sehen konnten. Starr vor Angst, saßen sie da, krallten die Hände in die Kissen und wagten nicht hinzusehen. Aber sie hörten, wie sich etwas über den Teppich bewegte, ächzte und fiepte.
«Guck mal!», sagte Nigel. Ein Kopf mit großen Ohren erhob sich neben dem Bett und zeichnete sich gegen das Fenster ab. Er kam immer höher, genauso wie der dazugehörige Körper, der aber kein Fledermauskörper mehr war. Das Etwas hatte sich verwandelt. Die Kreatur schien zu schweben, wie ein Gespenst. Sie hob die Arme an und sagte mit tiefer Stimme: «Wacht auf, Jungs! Die Party geht los!»
Nigel zog eine Grimasse; er hatte die Stimme erkannt. «Das … das ist ja Tony Thompson!»
Er war es wirklich! Rüdiger saß auf dem Fußboden und hob Tony hoch. Das war Teil des Plans, den die beiden sich ausgedacht hatten, um Nigel und Flint einen Denkzettel zu verpassen. Nur leider funktionierte er nicht …

«Los, wir schnappen uns die kleine Ratte!», rief Flint. Die Brüder warfen ihre Bettdecken zur Seite.
Tony fiel rückwärts um und landete mit einem KLONK auf dem Boden, als Rüdiger seine Beine losließ.
Jetzt mussten sie zu Plan B übergehen.
Tony blieb liegen, und an seiner Stelle erhob sich Rüdiger mit einem echten Vampirgrinsen und zeigte die scharfen Eckzähne. «Das würde ich mir an eurer Stelle nochmal überlegen!», zischte er. Seine Augen wurden rot und groß wie Untertassen.
Nigel und Flint hatten den Eindruck, dass Rüdiger immer größer wurde, bis er wie ein gieriges, sabberndes Monster mit Teufelsaugen auf sie herabsah und sein Schatten das ganze Zimmer ausfüllte.
«Ich bin Tony Thompsons Beschützer aus der Schatten- und Geisterwelt», sagte er in einem gruseligen Singsang. «Und wenn ihr den Herrn der Unterwelt nicht mit dem Respekt behandelt, der ihm gebührt, dann werdet ihr schmerzhafte Bekanntschaft mit meinen Zähnen machen!»
Er beugte sich vor.
«Und wenn ihr irgendjemandem von diesem Gespräch erzählt, findet ihr euch im Dorfladen wieder, zermalmt und eingetütet als Vogelfutter!»
«AAARRR!», schrien Flint und Nigel so laut, dass es durch das ganze Haus hallte.
Sie schrien immer noch, als Lord McAshton eine Minute später in Nachthemd und -mütze ins Zimmer gestürmt kam.
«WAS GEHT HIER VOR?», rief er und schaltete das Licht an. Die Brüder hielten sich vor Angst fest umklammert.
Das Fenster schlug zu.
«Nichts», sagten sie zitternd. «Überhaupt nichts.»

18. Kapitel

Heller Sonnenschein fiel in Tonys Zimmer, als seine Mutter die Vorhänge aufzog.
Tony gähnte, drehte sich um und vergrub den Kopf unter dem Kissen. In den letzten Tagen hatte er einfach zu wenig geschlafen.
«Tony!», rief Helga. «Tony!»

Etwa zur selben Zeit öffnete Bauer McLaughlin langsam und vorsichtig die Stalltür. Die hereinströmenden Sonnenstrahlen trafen auf zwei Kühe. Sie fauchten und zogen sich in den Schatten zurück.
«Cora?», sagte McLaughlin mit ängstlicher Stimme. «Du auch, altes Mädchen?»
Er schloss die Stalltür und entfernte sich, als hätte er die beiden Kühe nicht gesehen. Sie starrten auf die Tür, ihre Augen glühten rot, und spitze Vampirzähne ragten aus ihren Mäulern.

Als Tony kurz darauf zur Schule ging, warteten Nigel und Flint schon wie üblich auf ihn. Auch die anderen Schüler waren da und fragten sich, welches Spektakel ihnen heute wohl geboten würde.
Tony blieb vor Nigel und Flint stehen. Die beiden schienen nervös zu sein.
«Guten Morgen, Tony», sagte Nigel mit dünner Stimme.
«Können wir irgendwas für dich tun?», fragte Flint.
Tony dachte einen Moment nach. «Ja», sagte er. «Ich brauche ein paar Bücher. Seht in der Dorfbücherei nach, ob sie die Bücher haben. Und auch in der Bibliothek des Gutshofs!»

«Selbstverständlich», antwortete Nigel.
«Ich mach euch eine Liste», sagte Tony. «Aber jetzt wird es Zeit, in die Klasse zu gehen.»
«Deine Schultasche sieht ziemlich schwer aus. Soll ich sie für dich tragen?», fragte Flint.
«Ja. Hier!», sagte Tony und gab Flint seine Tasche. «Ich bin heute ziemlich müde.» Er gähnte demonstrativ.
Die anderen Schüler sahen den dreien mit offenem Mund nach, als sie auf die Schule zugingen.
Später staunten sie noch mehr, als Tony mitten in Mr. Boggins' Unterricht beinahe einschlief. Statt den Lehrer darauf aufmerksam zu machen und dafür zu sorgen, dass Tony Ärger bekam, machten Nigel und Flint für Tony Notizen und stießen ihn vorsichtig in die Seite, damit er wach blieb.

Es war ein wichtiger Tag für Bob Thompson, Tonys Vater.
Er befand sich im eichengetäfelten Konferenzraum von McAshtons Gutshof und unterbreitete dem Lord und einigen Investoren des Golfclubs und Tagungszentrums seine Vorschläge. Mehrere Anwesende waren aus dem Ausland angereist gekommen, um mit eigenen Augen zu sehen, was sie hier für ihr Geld geboten bekamen.
Alles lief sehr gut.
Bob hatte bereits über Größe und Anzahl der Hotelzimmer, Suiten und die vorhandenen Küchenkapazitäten gesprochen. Das Beste aber hatte er sich bis zum Schluss aufbewahrt – die Gestaltung des Golfplatzes.
Dazu führte er einen Film vor, der mit Luftaufnahmen begann, auf denen das gesamte Areal zu überblicken war. Eine Computergraphik unterlegte die Bilder mit Ideallinien und Flugbahnen und Angaben über geeignete Schläger, Entfer-

nungen und festgelegte Schlagzahlen. Die Investoren waren beeindruckt.
«Das», sagte Bob stolz, «ist nur ein kleiner Einblick in das hoch technisierte, multimediale, zukunftsorientierte Unternehmens- und Freizeitangebot, das wir hier entwickeln wollen. Die Zukunft klopft mit mahnenden Fingern an unsere …»
WAMMM!
Die Tür des Konferenzraums flog auf, und ein unrasierter Geiermeier stand in voller Pracht vor den versammelten Investoren. Er trug die Lederjacke mit den aufgenieteten Totenköpfen und den alten Federn, die Leuchtpistole im Halfter, ein Walkie-Talkie in der Hand, wuchtige Lederstiefel, und er rauchte eine dicke, übel riechende Zigarre.
Es herrschte betroffenes Schweigen, als er triumphierend in die Runde blickte.
Lord McAshton erhob sich, und vor Empörung fiel ihm das Monokel von der Nase. «Was erlauben Sie sich, hier einfach so hereinzuplatzen?», rief er.
«Sehen Sie nicht, dass Sie von Blutsaugern umgeben sind?», fragte Geiermeier zurück.
«Also wirklich, mein Lieber», sagte ein Investor, «das muss ich mir verbitten!»
«Alles Vampire!», erklärte Geiermeier.
«Sehen Sie, meine Herren …», begann McAshton, ehe er Geiermeiers letztes Wort recht begriffen hatte. «Was behaupten Sie da?»
«Ich sagte», wiederholte Geiermeier, «dass Sie von …»
«Sie sind ja verrückt!», rief McAshton plötzlich und sah wie ein aufgescheuchter Truthahn aus. «Verrückt, verrückt, verrückt! Der Mann weiß ja nicht, was er da redet! Ich werde

ihn entfernen lassen.» Mit diesen Worten ging er auf Geiermeier zu und scheuchte ihn aus dem Raum.
Bob und die Investoren sahen sich gegenseitig an.
«War das einer dieser anarchistischen Umweltschützer?», fragte eine Japanerin, die vor Angst und Aufregung zitterte.
Draußen im Gang musterte McAshton Geiermeier. Aber seine Augen konnten die tief sitzende Angst nicht verbergen, die er empfand.
«Erklären Sie mir, wer Sie sind und was Sie hier zu suchen haben!»
«Ich bin ein Experte auf meinem Gebiet. Und als Experte sage ich Ihnen, dass in dieser Gemeinde eine Vampirplage wütet.»
«Meinen Sie das ernst?»
«Todernst. Es sind Vampire. Echte Untote. Und sie haben sich hier niedergelassen.»
McAshton atmete schwer und lehnte sich an die Wand.
«Sie machen keinen besonders überraschten Eindruck», stellte Geiermeier fest. «Es ist nicht das erste Mal, oder? Sollte ich sagen, sie sind zurückgekehrt?»
«Nun ja, es gibt da so Geschichten ... Aber das ist doch alles blanker Unsinn!» McAshton griff zu einem großen weißen Taschentuch und wischte sich die schweißnasse Stirn ab. «Wir leben doch heute in einer ... einer modernen Welt. Mit Internet und Dampfmaschinen und so weiter.»
Geiermeier starrte ihn an.
«Die Menschen glauben heute doch nicht mehr an diese alten Geschichten», sagte McAshton.
«Aber, mein Lord», sagte Geiermeier mit einem bösen Grinsen, «diese alten Geschichten glauben an Sie. Das ist der Punkt.»

Er beugte sich zu McAshton vor und bohrte ihm einen Finger in die Brust.
«Auf jeden Fall haben Sie Ihre festgelegten Pflichten. Sie kennen die Bestimmungen der alten Gesetze, die Charta der Vampirfreien, die Pax Fledermaus. Sie als Lord sind verpflichtet, meine Arbeit zu unterstützen.»
«Wovon sprechen Sie?»
«Ich rede von meiner Gebühr.»
«Gebühr? Welche Gebühr?»
«Nur wenn Sie meine Gebühr zahlen, kann ich dafür garantieren, dass bestimmte Dinge nicht wieder von vorn losgehen. Verstehen Sie, was ich meine?»
«Wollen Sie mir drohen?»
«O nein! Nicht ich bin die Bedrohung.» Geiermeier nahm einen tiefen Zug von seiner Zigarre und blies McAshton den Rauch ins Gesicht. «Was ist? Weigern Sie sich zu zahlen?»
«Selbstverständlich», sagte McAshton und hustete. «Was Sie mir da für ein Märchen auftischen wollen ...» Plötzlich fiel ihm etwas ein. «Es sei denn, jemand im näheren Umkreis ist gebissen worden.»
«Gebissen worden? Nein, nicht, dass ich wüsste», sagte Geiermeier. «Was seltsam ist.»
«Nun, in dem Fall», sagte McAshton triumphierend. «Solange Sie mir keine Beweise für Ihre lächerlichen Anschuldigungen liefern, kann von einer Gebühr nicht die Rede sein. Und jetzt machen Sie, dass Sie fortkommen, bevor ich die Hunde von der Leine lasse!» Er machte auf dem Absatz kehrt.
Geiermeier sah ihm verbittert hinterher. «Typisch», sagte er zu sich selbst. «Diese Leute denken immer noch, dass würde Vater Staat bezahlen!»

19. Kapitel

Am späten Nachmittag saß die ganze Familie Thompson um den runden Küchentisch. Helga schenkte Tee ein und stellte einen Teller Kekse auf den Tisch.

«Nachmittagstee finde ich wunderbar», sagte sie. «Was sagt ihr dazu?»

Bob war mit Gesprächsnotizen und Kostenvoranschlägen beschäftigt, die er in seinen Laptop tippte, und Tony blätterte in einem dicken Buch über Wappenkunde, das Nigel und Flint ihm besorgt hatten.

«Tee und Kekse. Das ist doch etwas Schönes, findet ihr nicht?», versuchte Helga es noch einmal. «So zivilisiert, so englisch.»

«Wir sind hier aber in Schottland», sagte Bob abwesend und tippte weiter.

«England – Schottland. Was ist das schon für ein Unterschied?»

Tony sah auf. «Die Engländer stammen aus Deutschland, und die Schotten aus Irland», sagte er.

«Was für einen Unsinn lernst du eigentlich in der Schule?», fragte Helga und schüttelte den Kopf.

Tony sah von seinem Buch auf. «Ach, da fällt mir gerade ein: Mr. Boggins hat gesagt, wir sollen Samstag nach dem Kometen Attamon Ausschau halten.»

«Ich habe nur von einem Kometen namens Forsey gelesen», sagte seine Mutter. «Gibt es denn zwei zu sehen?»

Tony überging diese Frage. Er hatte gerade ein recht viel versprechendes Familienwappen entdeckt. Er schob das Buch zu seinem Vater hinüber.

«Hirschböcke haben doch ein Geweih, oder?»

Bob sah kaum hin. «Männliche Hirsche, ja. Kommen in vielen schottischen Familienwappen vor.»

«Echt?», sagte Tony enttäuscht.

«Ja. Es bedeutet, dass die Familien von Jägern abstammen. Warte, ich zeig dir was. Ähm ... Moment mal.» Er schaltete sein Diktiergerät ein und sagte: «Neue Idee: Wappenschild mit gekreuzten Golfschlägern für den Aufenthaltsraum.»

«Ganz neue Idee», warf Helga ein. «Legt doch mal eure Bücher und Laptops beiseite, und lasst uns miteinander reden!»

«Ja, gleich», sagten Vater und Sohn.

Wieder herrschte Schweigen. Helga seufzte.

«Warum interessierst du dich plötzlich so sehr für Wappen, Tony?», fragte Helga. «Ist das eine Hausaufgabe für die Schule?»

«Ähm ... Eigentlich interessiert es mich mehr privat», sagte Tony. «Wenn ich später mal die schottische Staatsbürgerschaft annehmen sollte, ist es doch gut, wenn ich mir schon ein Wappen überlegt habe.»

«Wie bitte? Ich dachte, du wolltest Präsident der Vereinigten Staaten werden! Wenn du allerdings Schotte wirst ...»

«Da! Ich wusste doch, dass ich ihn dabeihabe», sagte Bob. Er reichte seinem Sohn eine Mitteilung von Lord McAshton, die auf sehr teurem Briefpapier geschrieben war. «Siehst du? Sogar Lord McAshton hat ein Geweih in seinem Familienwappen.»

Tony hätte sich beinahe am Keks verschluckt. Sein Vater hielt ihm genau das Wappen unter die Nase, nach dem er suchte. Die Frau, von der er geträumt hatte, musste demnach ein Mitglied von Lord McAshtons Familie sein!

«Kann ich das behalten?», fragte Tony aufgeregt.
«Von mir aus.»
«Und Dad, kann ich morgen mitkommen, wenn du zur Arbeit gehst?»
Bob sah seinen Sohn ebenso überrascht wie erfreut an. «Morgen ist Samstag, aber ich gehe natürlich trotzdem hin. Warum willst du mitkommen?»
«Ähm ... Ich will mir mal dein Projekt ansehen, mal gucken, ob mir der neue Golfplatz gefällt ...»
«Wunderbar!», sagte Bob.
«Ist Lord McAshton morgen auch da?»
«Sicher!»
«Aber lass dich durch ihn bloß nicht von deinen Plänen abbringen!» Helga lachte.
«Gut», sagte Tony und stand auf.
«Tony», ermahnte ihn Helga, «du hast dein Buch ...»
Ihr Mann unterbrach sie. «Lass uns lieber froh sein, dass er sich zur Abwechslung mal für etwas Normales interessiert. Hier passieren sowieso schon genug verrückte Sachen.»
«Wieso, was denn?»
«Meine Präsentation heute wurde von einem riesigen Kerl unterbrochen, der behauptete, im Dorf gäbe es eine Vampirplage.»
Helga legte den Kopf in die Hände. «Das hat uns gerade noch gefehlt! Jemand muss von Tonys Träumen gehört haben, und jetzt pilgern alle Mondsüchtigen, Abergläubischen oder sonst wie Verrückten hierher, um nach Spuren oder Beweisen zu suchen.»
«Ach, ich weiß nicht», sagte Bob. «Wir sind hier schließlich nicht in Kalifornien.»

Tony konnte es gar nicht abwarten, Rüdiger und seine Familie zu besuchen, um ihnen die gute Nachricht zu überbringen. Er hatte die Familie gefunden, zu der das Wappen gehörte, genau, wie er versprochen hatte! Von jetzt an würden Hildegard und Ludwig ihn ernst nehmen, und vielleicht würde ihm sogar Lumpi eine Chance geben!
Er schauderte bei dem Gedanken daran, wie Anna wohl reagieren würde. Aber irgendwie würde er auch damit fertig werden.
Ungeduldig ging er in seinem Zimmer auf und ab und wünschte, die Sonne würde sich etwas beeilen und heute früher untergehen. Er legte sich auch schon Worte zurecht, mit denen er Rüdiger empfangen wollte, wenn er ans Fenster klopfte.
Aber warum sollte er eigentlich darauf warten, dass die Vampire zu ihm kamen? Es war sehr gefährlich für sie, denn schließlich war Geiermeier hinter ihnen her. Da wäre es doch viel besser, wenn er zu ihnen ginge! Und er hatte nicht viel zu befürchten. Ja, es ist Zeit, die Sache selbst in die Hand zu nehmen, dachte Tony.
Natürlich konnte er erst losgehen, wenn seine Eltern noch einmal zu ihm reingeschaut und gute Nacht gesagt hatten.

20. Kapitel

Die letzten Strahlen der untergehenden Sonne verschwanden hinter den hohen Bäumen im Westen des Friedhofs. Geiermeier und der Friedhofswärter saßen neben dem riesigen Laster an einem wärmenden Feuerchen. Geiermeier war zum Pfarrhaus gefahren, hatte sich sehr höflich für die Ereignisse des Vorabends entschuldigt und den Friedhofswärter auf einen Schluck Whisky eingeladen. Sehr zivilisiert, dachte der Friedhofswärter. Sehr englisch.

Allmählich wurde er ganz sentimental. «Ich selbst hab ja keine Familie», sagte er weinerlich. «Niemand, mit dem ich mich unterhalten kann. Ganz allein wohne ich in dem großen Pfarrhaus, bis es irgendwann verkauft wird. Nur ich und all die toten Seelen ...» Er schniefte und beugte sich zu Geiermeier vor. «Ich will Ihnen mal was sagen: Bei diesem Beruf bleibt es nicht aus, dass man sich hin und wieder über die eigene Sterblichkeit Gedanken macht.»

«Ach, wirklich?», sagte Geiermeier und schaute auf die verwitterten, teils schiefen, teils ganz umgekippten Grabsteine. «Sollte man gar nicht denken. Sie scheinen ein sehr sensibler Mann zu sein.»

«Jawohl», sagte der Friedhofswärter. «Und ich bin zu dem Schluss gekommen, dass es nur zwei Möglichkeiten gibt: Entweder man ist hundert Prozent lebendig und springt durch die Welt wie ein Rehkitz im Frühling – oder man ist tot und begraben. Dazwischen ist nichts.» Dann bekam er einen Schluckauf.

«Auf die Lebenden!», sagte Geiermeier.

«Jawohl, auf die Lebenden!», sagte der Friedhofswärter.

«Und auf die Toten!», sagte Geiermeier.
«Auf die Toten!», sagte der Friedhofswärter, und sie stießen mit den Gläsern an und tranken.
«Und auf die dazwischen!», sagte Geiermeier.
«Auf was?», fragte der Friedhofswärter und hob einen Zeigefinger. «Einen Moment mal! Ich hab doch gerade gesagt, dass es dazwischen nichts gibt! Das ist eine streng wissenschaftliche Erkenntnis meinerseits.»
«Aaah», sagte Geiermeier, «ich fürchte, in diesem Punkt irren Sie sich, mein Freund, obwohl es mir natürlich widerstrebt, einem so gelehrten Mann wie Ihnen zu widersprechen. Nein, nein, es gibt 'ne Menge dazwischen, die unterschiedlichsten Sorten. Sie führen eine Art Halbleben, könnte man sagen.»
«Ist das wirklich wahr?»
«Nehmen wir zum Beispiel mal Zombies.»
«Nun, da Sie es erwähnen, muss ich sagen, dass ich davon auch schon gehört habe.»
«Der Zombie bevorzugt die Karibik.»
«Kann ich gut verstehen. Ist ja wirklich schön da.»
«Gut für den Voodoo-Kult und so weiter. Gespenster und Poltergeister hingegen bevorzugen leer stehende Häuser in gemäßigteren Klimazonen mit langen dunklen Wintern.»
«Ja, davon hab ich auch schon gehört.»
«Und der Werwolf ...» Geiermeier starrte in die Ferne und schwieg eine Weile.
«Ja, bitte?», sagte der Friedhofswärter höflich.
«Werwölfe», sagte Geiermeier, «lieben die offene Steppe und die Prärie, wo der Mond hell scheint, der Wind ihnen das Fell zerzaust, das Echo ihrer Schritte in der Weite verhallt und die Melodie des Blutes, das in ihren Adern rinnt, wie

himmlische Musik klingt.» Er prüfte die Luft, und der Friedhofswärter tat es ihm gleich.

«Einmal habe ich einen getroffen», sagte Geiermeier wehmütig und mit feuchten Augen. «Aber er war zu schnell.» Er ließ den Kopf hängen, starrte zu Boden und murmelte undeutlich den Namen des weiblichen Werwolfs, der es ihm so sehr angetan hatte.

Der Friedhofswärter sah ihn verwundert an. Geiermeier zuckte mit den Schultern. «Nun ja, es sollte nicht sein. Schließlich habe ich eine Mission zu erfüllen.»

«Tatsächlich?», sagte der Friedhofswärter.

Geiermeier nickte. «Ich bin Vampirjäger.»

«Vampirjäger?»

«Vampirjäger. Das ist Tradition in meiner Familie, schon seit Jahrhunderten. Der Vater gibt den Beruf an den Sohn weiter.»

«Ein hübscher Brauch. So bleibt die Sache wenigstens in der Familie.»

«Ja, es war gut, aber ich bin der Letzte.»

«Nein!»

«Doch! Ich muss alles allein machen. Aber das ist nun mal mein Schicksal. Dazu bin ich verdammt.»

«Verdammt?»

«Verdammt. Wir sind alle zu irgendwas verdammt.»

«Tatsächlich?», sagte der Friedhofswärter und dachte eine Weile darüber nach. «Würden Sie sagen, dass auch ich zu irgendwas verdammt bin?»

Geiermeier sah ihn mit unbarmherzig funkelnden Augen an. «O ja, sie sind auch verdammt.»

«Dann bin ich ja erleichtert», sagte der Friedhofswärter. «Darauf sollten wir noch einen trinken.» Er schenkte groß-

zügig Whisky nach, die Männer prosteten sich zu und tranken.
«Sie jagen also Vampire», sagte der Friedhofswärter. «Welche Art Umgebung bevorzugen die denn?»
«Friedhöfe», antwortete Geiermeier prompt. «Grabanlagen und so weiter. Vampire lieben die Feuchtigkeit.»
Der Friedhofswärter sah sich leicht schwankend auf seinem Territorium um. «Friedhöfe sagen Sie? Ich hab hier aber noch keinen Vampir gesehen.»
«Nein, Sie bestimmt nicht!» Geiermeier stand auf und ging zu seinem Laster, an dem eine große Kabeltrommel mit einer langen, aufgerollten Leine befestigt war. «Es sind trickreiche kleine Biester. Nicht viele wissen meine Arbeit zu schätzen.» Er zog an der Leine, und sie begann sich abzuwickeln. «Vampire sind Meister der Verkleidung. Vielleicht haben Sie schon welche gesehen und sie bloß nicht erkannt. Vielleicht hielten Sie sie für Fledermäuse oder Motten oder ganz einfach nur für Nebelschleier.» Ohne hinzusehen, knüpfte er eine Schlinge in das Ende der Leine. «Stellen Sie sich vor: Sie können sich sogar in so etwas wie diese Leine verwandeln.»
«Was Sie nicht sagen!»
«Und genau darum bin ich hier», erklärte Geiermeier, setzte sich und suchte mit seiner Taschenlampe den ganzen Friedhof ab. «Unentwegt halte ich nach ihnen Ausschau, suche nach Spuren, horche … jage sie.»
Plötzlich stand er wieder auf, so schnell, dass er seinen Hocker umwarf.
«Was war das?»
Der Lichtkegel seiner starken Taschenlampe zuckte über den Friedhof und erleuchtete genau die Stelle, wo das Loch vor

dem Gebüsch war, durch das Tony in der letzten Nacht verschwunden war.
«Was war was?», sagte der Friedhofswärter ängstlich.
«Ich hab ein Geräusch gehört», sagte Geiermeier. «Möglicherweise sollte ich nachsehen, was es war. Aber das wäre natürlich sehr unhöflich. Schließlich sind Sie mein Gast.»
«Es ist mein Friedhof», sagte der Friedhofswärter so entschlossen, wie er nur konnte. «Also bin ich der Gastgeber. Und ich stelle hier die Fachnor... die Nachforschungen an. Bin schon unterwegs.» Er stand auf.
Geiermeier stützte ihn.
«Hmm», sagte der Friedhofswärter. «Was macht man denn in so einem Fall?»
«Sich der edlen Aufgabe stellen! Man braucht einen aufrechten Gang und eine ruhige Hand.»
«Tatsächlich? Dann sehen Sie sich das hier mal an!» Er hielt seine zitternden Hände hoch.
«Perfekt», sagte Geiermeier. «Ich sehe, Sie sind bereit. Hier, nehmen Sie diese Sicherheitsleine!»
Er zog dem Friedhofswärter die Schlinge über den Kopf und befestigte sie um seinen Bauch.
«O vielen Dank!»
«Sie brauchen sie bloß bis zu ihrem Unterschlupf zu verfolgen, den Rest erledige ich.»
«Wunderbar!»
Geiermeier führte den schwankenden Friedhofswärter zu dem Loch.
«Einmal ins Kellergeschoss!», lachte der Friedhofswärter.
Geiermeier gab Leine nach, um ihn abzuseilen.
Er horchte, ob der Friedhofswärter auch wirklich in die unterirdischen Tunnel hineinging. Dann ging er zu seinem Ho-

cker zurück, umfasste die Leine, sodass sie durch seine Finger lief, und machte sich wie ein Tiefseeangler zum großen Fang bereit.
Leise sang er vor sich hin: «Schaut mal, was ich für euch habe, meine Schönen!»

21. Kapitel

Tief in der Erde hing Lumpi kopfüber an seinem Schlafplatz, in einer Reihe mit den übrigen Familienmitgliedern. Alle schliefen.
Aber Lumpi schlief nicht so fest wie der Rest. Seine Nase zuckte. Auch seine Ohren zuckten, einmal, zweimal, wie die einer Katze. Dann riss er die Augen auf. Neugierig schnüffelte er und grinste, denn er roch Menschenblut. Und es war nicht das Blut von Rüdigers Freund. Nein, was er da roch, war anders, irgendwie reifer. Schmackhaftes Erwachsenenblut ... allein schon der Geruch war ihm eine willkommene Stärkung.
Und der Dummkopf, wer immer es war, kam direkt auf die Schlafstelle derer von Schlotterstein zu! Selbst schuld, dachte Lumpi.
Vorsichtig kroch er aus dem niedrigen Gewölbe.
Wie ein Bluthund prüfte er die Luft, bog nach links ab und verschwand in der Dunkelheit.
Geiermeier gab mehr Leine, damit der Friedhofswärter weiter in die Katakomben eindringen konnte. Seine Finger fuhren über die Leine, um die Spannung zu prüfen.

«Nun kommt schon!», murmelte er. «Es wird euch schmecken!»
Eine Ewigkeit schien zu vergehen. Und dann …
DRRR! Ratternd und vibrierend wickelte sich die Kabeltrommel in rasender Geschwindigkeit ab.
Geiermeier erschrak so sehr, dass er vom Hocker fiel und die Flasche fallen ließ. Während er sich mühsam aufrappelte, streckte er sich nach der Leine. «AAARRRGGG!», brüllte er. Die Leine hatte die Innenfläche seiner Hand aufgerissen. Schnell zog er zwei feuerfeste Handschuhe an.
Unter der Erde rannte Lumpi durch die dunklen Gänge und lachte wild. Den Friedhofswärter hielt er wie ein wertvolles Maskottchen an seine Brust gepresst. Er hatte es gewagt! Jetzt war er ein richtiger Vampir!
Leider rannte er genau an dem Gewölbe vorbei, in dem Ludwig, Hildegard, Rüdiger und Anna soeben erwacht waren.
«Lumpi hat jemanden gebissen!», sagte Hildegard alarmiert.
Alle schauten auf die Leine, die er hinter sich herzog.
«Nicht Tony!», heulte Anna auf.
Da ertönte ein lautes SCHWACK!, und die Leine zog sich stramm. Über der Erde hatte Geiermeier die Kabeltrommel angehalten. Der Ruck war so stark, dass Lumpi den Friedhofswärter nicht mehr halten konnte. Der arme Mann fiel der Länge nach auf den harten Boden.
Dann drehte Geiermeier die Kabeltrommel in die andere Richtung. Ludwig und die ganze Familie von Schlotterstein beobachteten fassungslos, wie der Friedhofswärter nun in umgekehrter Richtung an ihnen vorbeigezogen wurde und dabei hier und dort an die Wand schlug.
«Er hat ihn verloren», sagte Rüdiger.

Dann sahen sie Lumpi auf allen vieren vorbeihasten wie eine blutrünstige Bestie.
«Lumpi!», rief Ludwig. «Komm zurück!»
Aber die Geräusche der wilden Jagd verloren sich in der Tiefe der Katakomben.
«Bleibt hier!», sagte Ludwig erbost. «Ich hole ihn zurück.»
Lumpi erreichte den Friedhofswärter erst, als der zu dem Loch an die Erdoberfläche hochgezogen wurde. Er packte ihn an den Beinen und kämpfte verzweifelt um seine Beute.
«Du gehörst mir!», schrie er.
Zusammen mit dem Friedhofswärter wurde Lumpi in die Höhe gezogen, immer näher auf das Loch zu.
Doch nun kam Ludwig angebraust und stürzte sich auf Lumpi. «Lass los!», befahl er mit einer Stimme wie Donnerhall.
Kurz vor dem engen Loch verließ Lumpi die Kraft. Er konnte sein Opfer nicht länger halten und stürzte zusammen mit seinem Vater auf den Boden, wo sie keuchend liegen blieben.

Tony kam ganz allein auf dem Friedhof an und bereute bereits jetzt, die Sache selbst in die Hand genommen zu haben. Was, wenn sich Rüdiger inzwischen zu ihm auf den Weg gemacht hatte und ihn nicht finden konnte?
Aber nun war es zu spät, um umzukehren. Er versteckte sich hinter einem Baum und beobachtete, wie Geiermeier eine Gestalt aus dem Loch zog und sie auf den Boden legte.
Tony unterdrückte einen Schrei. Er konnte nicht richtig erkennen, ob es sich um einen Vampir handelte. Doch es dauerte nicht lange, bis ihm klar wurde, dass es jemand anders sein musste, jemand, der keine verzierte, spitzenbesetzte

Kleidung trug wie die Vampire. Tony hatte keine Ahnung, wer das Opfer sein mochte. Er verstand auch nicht, was Geiermeier da tat, aber was immer es war, es schien ihm ungeheuer wichtig zu sein.
Nun drehte Geiermeier den Friedhofswärter um, zog seinen Hemdkragen beiseite und lächelte in sich hinein. Da waren sie, klar und deutlich zu erkennen: zwei dunkelrote Punkte am Hals, aus denen Blut tropfte – ein Vampirbiss!
«O meine Schönen!», sagte Geiermeier, zutiefst erfreut über seinen Erfolg. «Ihr seid drauf reingefallen! Seid wohl ziemlich hungrig, was? Konntet euch nicht beherrschen, wie?»
Er holte eine Sofortbildkamera aus der Jackentasche und machte zwei Aufnahmen. BLITZ! BLITZ! Ungeduldig zog Geiermeier die Fotos aus dem Apparat. «Jetzt habe ich euch! Das ist der Anfang vom Ende!»
In dem Moment öffnete der Friedhofswärter die Augen, allerdings nur einen schmalen Spaltbreit. Lautlos kroch er in die Büsche und war verschwunden, bevor Geiermeier sich umdrehte. Als Geiermeier sein Verschwinden bemerkte, schien es ihm vollkommen egal zu sein.
Tony verstand das alles nicht. Er wusste nicht, was Geiermeier vorhatte und warum er glaubte, einen Sieg errungen zu haben. Aber ihm war klar, dass er Rüdiger und die anderen so schnell wie möglich informieren musste, bevor Geiermeier den nächsten Angriff startete.
Vorsichtig schlich er sich zu dem geheimen Eingang, den er zusammen mit Rüdiger in der vergangenen Nacht benutzt hatte.

22. Kapitel

Hildegard, Rüdiger und Anna spähten vorsichtig um die Ecke und sahen Ludwig und Lumpi am Boden liegen.

«Du Narr!», sagte Ludwig zu seinem Sohn. «Du hast ihn gebissen, nicht wahr?»

«Ich hab nur ein bisschen probiert», sagte Lumpi.

«Nur probiert? Und dafür setzt du die Sicherheit deiner Familie aufs Spiel?» Ludwig richtete sich auf und klopfte sich den Staub aus dem Umhang. «Dafür verrätst du alles, was uns wichtig ist?»

«Verraten?», stieß Lumpi hervor und sprang auf die Füße. Er fuchtelte mit den Armen und zeigte auf die feuchten, dunklen Tunnel und Gänge. «Was gibt's denn hier zu verraten? O nein, Vater, du bist der Verräter!»

«Was?», ließ Ludwig seine Donnerstimme ertönen.

«Ja, du bist der Verräter», sagte Lumpi mutig. «Dein ewiges Leugnen unserer wahren Natur! Wir sind die Herren der Finsternis, strahlende Helden! Aber du machst aus uns miese kleine Feiglinge, die wie Würmer in ihren Löchern herumkriechen.»

«Und was sollten wir deiner Meinung nach tun?»

«Kämpfen!» Lumpi zischte und zeigte seine Vampirzähne. «Akzeptieren, dass wir sind, was wir sind, und stolz darauf sein! Statt zu versuchen, uns wie Menschen zu benehmen, sollten wir dafür sorgen, dass ihnen vor Angst das Blut in den Adern gefriert, und ihnen alles heimzahlen, was sie uns angetan haben.»

«Das ist leichter gesagt als getan. Du, Lumpi, könntest es schaffen, eine Zeit lang wenigstens. Du bist jung, stark und mutig. Und du würdest sogar das Risiko eingehen, einen Pflock durchs Herz getrieben zu bekommen, wenn du nur frei leben könntest. Denn das ist das Einzige, was auf lange Sicht dabei herauskommen kann.»

«Lieber einen Pflock als dieses elende Loch!»

«Für dich mag das ja alles stimmen, aber wie ist es mit Rüdiger, mit Anna, mit deiner Mutter?»

«Die sehen das genauso wie ich.» Lumpi drehte sich zu seiner Familie um. «Gebt es doch endlich zu! Sagt ihm, dass wir unserer Natur folgen müssen!»

Rüdiger und Anna sagten nichts. Schweigend und verängstigt ließen sie Lumpis Ausbruch über sich ergehen.

«Komm, Liebling!», besänftigte ihn seine Mutter. «Wir wollen doch nichts Überstürztes tun oder sagen, nicht wahr?»

Das sich anschließende Schweigen wurde erst gebrochen, als Tony atemlos in das Gewölbe unter dem Loch gelaufen kam.

«Tony!», riefen Rüdiger und Anna gleichzeitig.

Lumpi schnaubte verächtlich. «Ihr freut euch, einen Sterblichen zu sehen? Was soll der Unsinn?»

«Geiermeier ist genau über euch!», rief Tony.

«Ja, natürlich, wir müssen uns verstecken», sagte Ludwig und wandte sich von Lumpi ab.

«Typisch!», stieß Lumpi hervor und blieb trotzig stehen. «Das ist immer dein erster Gedanke: Verstecken!»

«Lumpi! Doch nicht vor einem Sterblichen!», wies seine Mutter ihn zurecht.

«Ich versuche, meine Familie auf die Art zu beschützen, die mir am sinnvollsten erscheint», sagte Ludwig. «Glaubst du, dass es mir nichts ausmacht, wenn du mich mit Hohn und Spott überschüttest?»

«Was ich glaube, ist doch vollkommen egal!»

«Das ist es nicht. Deine Worte verletzen mich.»
«Aber Geiermeier!», sagte Tony und sah ängstlich zu dem Loch hinauf.
Geiermeier hatte gerade seine Fotos verstaut und verschaffte sich einen Überblick über sein Waffenarsenal. Ermutigt durch seinen jüngsten Erfolg, wollte er etwas Neues ausprobieren.
«Dann wollen wir doch mal sehen, ob ihr immer noch da unten seid, meine Schönen!», murmelte er vor sich hin und griff nach einem besonders leistungsfähigen Anti-Vampir-Scheinwerfer, einer Sonderanfertigung für seinen Laster. Er setzte eine extradunkle Sonnenbrille auf, band den Scheinwerfer ans Ende der Leine und ließ ihn in die Tiefe hinabgleiten.
«Es werde Licht!», lachte er und betätigte einen Schalter.
Die Wirkung war dramatisch. Ein unglaublich grelles Licht, das suchend hin und her schwenkte, durchdrang die Höhle und blendete die Vampire. Sie kreischten laut auf – ein hoher, seltsamer Ton. Sogar Tony schmerzte der Strahl in den Augen, aber für die Vampire war der Schmerz fast unerträglich, wie ein Stahlmesser bohrte er sich in ihr Hirn. Rüdiger und Anna vergruben die Köpfe in den Röcken ihrer Mutter, Lumpi ging zu Boden, wimmerte und kroch, blind um sich tastend, aus dem Lichtkegel. Hildegard fiel vor Schmerz auf die Knie.
Nur Ludwig von Schlotterstein blieb hoch erhobenen Hauptes stehen, allerdings mit fest geschlossenen Augen. Gleichzeitig breitete er seinen Umhang aus, um seiner gepeinigten Familie wenigstens ein bisschen Schatten zu spenden.
«Lauft!», rief er. «Lauft!» Er wurde sichtbar schwächer, während er trotzig und herausfordernd dastand, fest entschlossen,

sich nicht zu beugen. Dennoch begann sein Umhang zu schmelzen und fing Feuer. Rauchfahnen zogen durch die Luft.
«Kommt!», rief Hildegard. Sie zog ihre Kinder mit sich fort in ein angrenzendes Gewölbe.
«Was ist mit Vater?», schrie Lumpi.
«Tony!», rief Rüdiger. «Lauf weg!»
Zuerst wollte Tony tatsächlich weglaufen. Aber dann merkte er, dass Geiermeiers Licht ihm nichts anhaben konnte, solange er nicht direkt hineinsah.
Er bückte sich und hob einen großen Stein auf. Wild entschlossen rannte er an Ludwig vorbei und warf den Stein mit aller Kraft auf den Scheinwerfer. Glas splitterte, etwas zischte, und das Licht ging aus.
Wunderbare Dunkelheit zog wie eine kühlende Meereswelle in die Tunnel und Gänge ein, und die Vampire seufzten vor Erleichterung tief auf – ein Geräusch, das nicht von dieser Welt war.
Über der Erde fröstelte Geiermeier und zog seinen zerstörten Scheinwerfer hoch. Er kannte das Geräusch nur allzu gut.
«Nun, mein Freund», sagte er in die Richtung, in die der Friedhofswärter verschwunden war, «das nenne ich Gemeinschaftssinn. Scheint ja ein regelrechtes Nest zu sein, in das du da hineingeraten bist.»
Er überlegte einen Moment.
«Vielleicht handelt es sich um geübte Krieger ...»
Zu wissen, wann es Zeit zum Rückzug ist, zeichnet den wahren Helden aus, dachte er. Sobald er den Scheinwerfer verstaut hatte, sprang er auf den Laster und fuhr davon. Dabei blickte er immer wieder in den Rückspiegel, um zu prüfen, ob ihm nicht irgendwer oder irgendwas folgte.

23. Kapitel

Unter der Erde versammelten sich die Vampire in einem schmaleren, ruhigeren und sichereren Tunnel.

Ludwig lag am Boden, durch den Angriff ernsthaft verletzt.

«Nun, Lumpi», sagte er schwach, «bist du jetzt zufrieden?»

«Es tut mir so Leid, wirklich, Vater!», versicherte Lumpi, nachdem seine Mutter ihn in eine Zwangsjacke gesteckt hatte.

«Das nützt auch nichts mehr», sagte Ludwig anklagend. «Ich bin verletzt. All unsere Hoffnungen sind zerstört. Wie soll ich in diesem Zustand den Clan zusammenrufen?»

«Sie dürfen nicht aufgeben», sagte Tony.

«Danke, kleiner Sterblicher, für deine tatkräftige Hilfe», sagte Ludwig. «Aber unser Ziel ist in weite Ferne gerückt.»

«Ich weiß jetzt, zu welcher Familie das Wappen gehört», rief Tony.

«Was?», sagte Rüdiger.

«Er schafft einfach alles!», seufzte Anna, und ihre Augen leuchteten vor Bewunderung. «Mein Held!»

Rüdiger stieß ihr seinen Ellbogen in die Rippen, um sie zum Schweigen zu bringen.

«Au!», schrie sie.

«Ich bin extra hergekommen, um euch das zu erzählen», sagte Tony. «Das Wappen gehört der Familie von Lord McAshton, dem Chef meines Vaters. Der verloren gegangene Stein muss sich irgendwo auf seinem Gutshof befinden.»

Ludwig schwieg.

«Sir, haben Sie gehört, was ich gesagt habe?», fragte Tony besorgt.

«Er ist sehr geschwächt», sagte Hildegard traurig.
«Was sollen wir denn jetzt bloß tun?», heulte Anna auf.
«Ich weiß, was ihr braucht», sagte Tony.

Zehn Minuten später waren alle in Bauer McLaughlins Stall.
Die Vampire teilten die drei verbliebenen Kühe gerecht unter sich auf. Tony beobachtete sie von der Stalltür aus, ebenso angewidert wie fasziniert. Er bezweifelte, dass er sich je daran gewöhnen würde, aber dieses Mal wurde ihm wenigstens nicht übel.
Hildegard wischte ihrem Mann den Mund ab, als er fertig war.
«Aah, ich fühle mich schon etwas besser», sagte er. «Obwohl ich immer noch sehr schwach bin. Jetzt muss ich einen Ort finden, an dem ihr euch verstecken könnt, während ich den Stein suche. Und dann ist da die Clanversammlung ... Eine arbeitsreiche Nacht liegt vor mir, aber wer nicht wagt, der nicht gewinnt.»
«Nein», erwiderte Hildegard entschlossen. «Dein Zustand lässt nicht zu, dass du nach dem Stein suchst. Unser aller Zustand nicht. Wir brauchen jetzt Ruhe.»
«Sie können mit zu mir nach Hause kommen», bot Tony an.
«O ja, o ja!», sagte Anna aufgeregt.
«Das kommt gar nicht in Frage», entgegnete Ludwig und sah Lumpi dabei an. «Die Versuchung wäre einfach zu groß. Außerdem gibt es dort zu viele Fenster.»
«Wir haben einen Keller», sagte Tony. «Groß und ganz dunkel, das perfekte Versteck.»
«Uns bleibt keine andere Wahl», sagte Hildegard, indem sie

Lumpi einen Maulkorb anlegte. «Im Tunnelgewölbe ist es jetzt zu gefährlich. Danke für das freundliche Angebot, Tony. Wir nehmen es gerne an.»
Sie befestigte eine Hundeleine an Lumpis Zwangsjacke und gab Anna das andere Ende in die Hand.
«Du passt auf Lumpi auf.»
Lumpi schien das alles unendlich peinlich zu sein.
Hildegard half Ludwig auf die Beine und säuberte seinen Umhang. «Wir sind bereit, Tony», sagte sie. «Zeig uns den Weg!»
Sie verließen den Stall und standen in der klaren Nachtluft. Große Wolkenberge sammelten sich über dem Meer. Der Wind war nicht zu stark, gerade richtig zum Fliegen.
Rüdiger nahm Tony bei der Hand. Anna folgte mit Lumpi an der Leine, und Hildegard hielt Ludwig in den Armen.
Die eigenartige Formation flog nicht in großer Höhe, denn Geiermeier – wo immer er inzwischen stecken mochte – sollte sie nicht entdecken; also hielten sie sich dicht über den mondbeschienenen Wiesen, als sie Kurs auf Tonys Zuhause nahmen.
Trotzdem blieb ihr Abflug nicht gänzlich unbemerkt. Mitsy, Cora und McLaughlins andere Kühe folgten ihnen aus dem Stall und sahen zu, wie sie in der Ferne verschwanden.

Nach ein paar Minuten erreichten sie mit flatternden Umhängen Tonys Zuhause.
«Überall brennt Licht», sagte Rüdiger erschrocken.
«O-oh!», machte Tony. «In meinem Zimmer ist auch Licht. Ich hab's aber nicht angelassen.»
«Soll das heißen …?», sagte Rüdiger.
«Meine Eltern müssen gemerkt haben, dass ich weg bin», jammerte Tony. «Wie soll ich ihnen das bloß erklären?»

«Wo sollen wir jetzt hin, Tony?», fragte Hildegard.
«Da», sagte Tony und zeigte auf eine kleine Holztür an der Rückseite des Hauses. «Das ist die Kellertür.»
«Gut, es scheint ein abgelegenes Plätzchen zu sein», antwortete Hildegard. «Lass uns hinein, und dann können wir drinnen weiterreden.»
Die Vampire landeten unmittelbar vor der Tür auf dem Rasen.
Ludwig stöhnte vor Schmerzen auf.
«Sch! Schon gut! Leise!», mahnte Hildegard zärtlich. «Gleich können wir uns ausruhen.»
Langsam und vorsichtig drückte Tony die Tür auf, damit sie so wenig wie möglich quietschte. Drinnen war es sehr dunkel, aber Tony wagte nicht, das Licht anzumachen.
«Ist leider nichts Besonderes», sagte er, als Rüdiger und die anderen ihm die Treppe hinunter folgten.
Der Keller war eher klein und voller Gerümpel – Kartons und Kisten vom Umzug der Thompsons und jede Menge Zeug, das die Vorbesitzer zurückgelassen hatten, wie Bücherkisten, Küchengeräte, Zeitungen, Ölkannen, Feuerholz, Kohle, Metallkisten, bergeweise Plastiktüten, Decken, Blumentöpfe und sogar eine alte Ritterrüstung.
«Perfekt!», lautete Hildegards Urteil.
«Und es fällt auch bestimmt kein Licht herein?», fragte Rüdiger.
«Na, hoffentlich nicht!», antwortete Tony.
«Hier liegen genügend Dinge herum, mit denen wir eventuelle Lücken abdichten können», sagte Hildegard.
Es machte PLONK!, und dann hörte man, wie oben etwas über den Fußboden gezogen wurde. Tony sah schuldbewusst hoch. Es hörte sich an, als würden seine Eltern auf ihrer ver-

zweifelten Suche nach ihm das ganze Haus auf den Kopf stellen.
«Ich glaube, ich muss jetzt gehen und mir die fällige Predigt anhören», sagte Tony zerknirscht. «Ich hoffe, es wird nicht zu schlimm, mit Hausarrest und so ...»
Hildegard bedankte sich bei Tony noch einmal für alles, was er für ihre Familie getan hatte, ehe er seinen schweren Gang antrat.

24. Kapitel

Helga und Bob standen mit sorgenvollen Mienen im Wohnzimmer.
«Im Haus kann er nicht sein», sagte Helga. «Da bin ich mir ganz sicher.»
«Ich sehe nochmal in seinem Zimmer nach», erklärte Bob.
«Das hat doch keinen Sinn», sagte Helga gereizt. «Das haben wir doch schon ein Dutzend Mal getan.»
«Aber bei Lorna war's genauso, erinnerst du dich? Sie sagte, sie habe immer wieder nachgesehen, und dann lag er plötzlich wieder in seinem Bett.»
«Lass uns nachdenken! Er kann nicht von zu Hause ausgerissen sein, dazu hatte er viel zu gute Laune. Er hat sich doch so darauf gefreut, morgen mit dir zur Arbeit zu gehen.» Plötzlich hielt sie erschrocken inne und fragte dann: «Was ist eigentlich mit diesem komischen Typen, von dem du erzählt hast?»
«Welcher komische Typ?»

«Der in deine Präsentation reingeplatzt ist.»

«Und ständig von Blutsaugern gefaselt hat? Was soll denn mit ihm sein?»

«Meinst du nicht, dass er etwas mit Tonys Verschwinden zu tun haben könnte?»

«Wie sollte er?»

«Ich weiß nicht. Vielleicht hat er rausgekriegt, wo wir wohnen, und dann hat er Tony entführt ...»

Bob machte ein alarmiertes Gesicht.

«Ich rufe die Polizei», sagte Helga entschlossen.

«Die braucht mindestens eine halbe Stunde, bis sie hier ist. Du weißt doch, wie es zugeht in diesen kleinen Landgemeinden.»

Im selben Moment waren leise, tapsige Schritte zu hören. Und dann ging Tony an der offenen Wohnzimmertür vorbei, mit geschlossenen Augen und ausgestreckten Armen.

«Tony!», schrie Bob.

«Psst!», machte Helga. «Er schlafwandelt, du darfst ihn nicht aufwecken, das ist gefährlich!»

«Er hat sich sogar komplett angezogen», flüsterte Bob erstaunt. «Und sieh mal, wie schmutzig er sich gemacht hat! Möchte mal wissen, wo er überall gewesen ist.»

Mit geschlossenen Augen, seine Eltern im Schlepptau, stieg Tony die Treppe zu seinem Zimmer hinauf und legte sich ins Bett. Helga deckte ihn zu und gab ihm einen zärtlichen Kuss, bevor sie aus seinem Zimmer ging.

Tony schlug die Augen auf und seufzte erleichtert. Die Gefahr war vorbei!

Aber jetzt merkte er, wie müde er war. Er drehte sich auf die Seite und schlief sofort ein.

Irgendwann in der Nacht – die Lichter im Haus waren alle längst gelöscht – wachte Tony auf.
Er hörte, wie seine Tür geöffnet und wieder geschlossen wurde.
«Mom? Dad?», rief er leise.
Mit klopfendem Herzen knipste Tony seine Nachttischlampe an und sah ... Anna! Langsam kam sie auf ihn zu. Sie zuckte zurück, als das Licht anging, und Tony betätigte schnell den Dimmer, um sie nicht zu blenden.
«Anna!», flüsterte er. «Was tust du hier?»
«Ich wollte dich besuchen», sagte sie. Irgendwie sah sie komisch aus. Ihr Gesicht war nicht mehr so blass, auf den Wangen hatte sie zwei rosa Flecken, und ihr Mund war ganz rot ... blutrot.
«Was ist mit dir?», fragte Tony besorgt. «Du hast ... du hast doch niemanden gebissen, oder?»
Anna sah Tony beleidigt an.
«Bin ich etwa nicht schön, Tony?», fragte sie mit gekränkter Stimme.
«Ähm ... na ja ...» Tony zögerte. Er war es nicht gewohnt, auf Fragen dieser Art zu antworten.
«Ist das Lippenstift?», fragte er vorsichtig. «Sieht toll aus.»
«Danke!», sagte Anna geschmeichelt.
«Ich wusste gar nicht, dass Vampire Make-up benutzen.»
«Na ja, normalerweise haben wir dazu auch keine Gelegenheit. Aber heute ist das erste Mal seit einhundert Jahren, dass ich zu einem Sterblichen nach Hause eingeladen werde. Da musste ich mich einfach umsehen und ...»
«Wie bitte? Du bist im Haus rumgeschlichen? Wo hast du das Make-up her?»
Anna machte eine vage Bewegung in Richtung Treppenhaus.

«Aus einem der Zimmer da unten.»
«Das war das Schlafzimmer meiner Eltern!», sagte Tony und versuchte, ruhig zu bleiben. «Haben sie dich bemerkt?»
«Natürlich nicht! Ich kann mich vollkommen lautlos bewegen, wie eine Feder.»
«Ach ja? Aber mich hast du aufgeweckt!»
«Das ist auch etwas ganz anderes.» Anna setzte sich zu Tony aufs Bett. «Du hast Sympathien für uns. Sogar meine Mutter hat das erkannt.» Ihre Augen begannen zu leuchten. «O Tony, merkst du es denn nicht? Wir sind füreinander bestimmt … für alle Ewigkeit!»
Sie lächelte ihn an und entblößte dabei ihre kleinen scharfen Zähne. Dann beugte sie sich vor, als wollte sie Tony beißen.
Tony schauderte. «Anna, ich muss jetzt schlafen! Sonst kann ich euch morgen nicht helfen, wenn ich zu müde bin.»
Anna ließ von ihm ab. «Ich weiß, ich weiß. Aber ich habe dir etwas mitgebracht.»
Aus einem kleinen Beutel holte sie Tonys Geschenk hervor – eine tote Maus.
«Eine tote Maus?», sagte Tony und machte ein angeekeltes Gesicht.
«Nimm sie! Sie stammt noch aus der Alten Welt. Sie wird dir Glück bringen.» Anna legte sie Tony in die Hand. «Und wenn du ernsthaft in Schwierigkeiten steckst, brauchst du bloß zu pfeifen. Du kannst doch pfeifen, oder?»
Sie spitzte die Lippen. Dabei erzeugte sie weiche, fremdartige Töne, die nicht wie menschliches Pfeifen klangen, sondern eher wie der Ruf einer alten Flöte, der über die weiten Moore hallt.
Tony versuchte, auch so zu pfeifen, doch er brachte nur ein

jämmerliches, feuchtes, tonloses Zischen zustande. Pfeifen war noch nie seine Stärke gewesen.
«Nicht so», sagte Anna. «So!» Und wieder ließ sie dieses seltsame Pfeifen ertönen. Ein Echo schallte von irgendwoher, und in weiter Ferne bellte ein Hund.
«Wow!», sagte Tony. «Ich glaube, das kann ich nicht.»
Er wollte es noch einmal probieren, als jemand laut und ungeduldig ans Fenster klopfte. Erleichtert sprang er aus dem Bett und öffnete das Fenster.
«Rüdiger!», sagte er.
Der kleine Vampir sah ziemlich verärgert aus, aber es war nicht Tony, auf den er wütend war.
«Anna!», stieß er hervor. «Mit deinem Pfeifen weckst du noch die Toten auf! Komm zurück in den Keller! Und du, Tony, ermutigst sie auch noch!»
«Ich?», sagte Tony, aber es war schon zu spät. Rüdiger hatte Anna gepackt und hinter sich her aus dem Fenster gezogen.
«Vergiss nicht zu pfeifen, und trage die Maus immer bei dir!», flüsterte Anna, als sie aus Tonys Blickfeld verschwand.

25. Kapitel

WUSCH! wurden die Vorhänge wieder aufgezogen, und Sonnenstrahlen drangen in Tonys Zimmer. Er schlug die Augen auf und blinzelte.
Plötzlich spürte er Annas Maus in seiner Hand. Uuh! Tony

hoffte, dass sie nicht mit irgendeiner mittlerweile ausgerotteten Krankheit aus Transsilvanien infiziert war. Ein Lehrer in San Diego hatte einmal über den schwarzen Tod gesprochen, und seit Tony erfahren hatte, dass er nach Europa umziehen würde, hatte er sich davor gefürchtet.

«Guten Morgen, Liebling», sagte Helga.

«Hi, Mom!», antwortete Tony, der sich ertappt fühlte. Er ließ die Hände unter der Bettdecke verschwinden. Seine Mutter würde bestimmt nicht begeistert sein, wenn sie ein totes Nagetier in seinem Bett entdeckte!

«Na?», sagte Helga. «Dir scheint's ja wieder gut zu gehen.» Sie sah ihm forschend ins Gesicht. «Wir haben dich heute mal länger schlafen lassen, weil ... nun ja ... Wie hast du überhaupt geschlafen?»

«Prima», sagte Tony.

«Kannst du dich an irgendwas Ungewöhnliches erinnern?»

«Ja», sagte Tony und missverstand die Frage bewusst. «Heute begleite ich Dad zur Arbeit.»

«Ja. Na gut. Soll dein Freund Rüdiger vielleicht auch mitkommen?»

«Nein!», sagte Tony etwas zu laut und zu schnell. «Ähm ... wir wollten uns später treffen.»

«Wir möchten ihn nämlich auch gern mal kennen lernen. Und seine mysteriösen Eltern. Vielleicht sollten wir sie zum Abendessen einladen.»

«Ich glaube, lieber hätten sie euch zum Abendessen», sagte Tony und kicherte.

«Von mir aus.» Helga gab ihm einen freundlichen Klaps. «Und jetzt beeil dich, sonst fährt dein Vater noch ohne dich los!»

«Okay!» Tony sprang aus dem Bett, immer noch voll bekleidet, und rannte zur Tür hinaus.
Helga sah ihm kopfschüttelnd nach.
«Tony, du kannst dich vorher ruhig noch umziehen!»

Etwa zur selben Zeit stand Bauer McLaughlin auf seinem Feld und versuchte, seine Kühe zu zählen. Er ließ sich Zeit. Aber so aufmerksam er auch in alle Winkel und Ecken des Feldes spähte – es waren einfach keine Kühe mehr da.
Langsam ging McLaughlin zum Stall. Jeder Schritt kostete ihn Überwindung. Er musste all seinen Mut zusammennehmen, um die quietschende grüne Stalltür zu öffnen.
Sonnenstrahlen durchfluteten den Stall und beleuchteten eine Szene, die der Bauer sein Leben lang nicht vergessen und über die er bis zu seinem Tod mit niemandem sprechen würde. Was er sah, waren fünf Kühe, die wie überdimensionale schwarz-weiße Fledermäuse von den Dachbalken hingen. Sie schwangen die Schwänze durch die Luft, hatten ihre Vorderbeine vor den Köpfen verschränkt und schienen sich so wohl zu fühlen wie nie zuvor.
«Heilige Mutter Gottes!», stammelte er und schlug die Stalltür sofort wieder zu. Im Weggehen dachte er darüber nach, ob er im nächsten Jahr vielleicht Weizen oder Gerste anbauen oder die Landwirtschaft besser ganz an den Nagel hängen sollte.

Nur kurze Zeit später – McLaughlin stärkte sich mittlerweile in seiner Küche mit einer Tasse Tee – führte Bob seinen Sohn über Lord McAshtons Anwesen.
Es war wirklich beeindruckend, und so mancher Junge hätte etwas darum gegeben, zuzuschauen, wie große gelbe Bagger

und Planierraupen Erde abtrugen und tiefe Fundamente aushoben.
Tony hielt die Augen offen, aber er hörte seinem Vater gar nicht richtig zu, der ihm pausenlos von seiner Arbeit vorschwärmte.
«Die Renovierung des Hauptgebäudes ist so gut wie abgeschlossen. Das Gutshaus ist schon sehr alt, es wurde vor Hunderten von Jahren erbaut, und mit der Zeit ist hier und da einiges kaputtgegangen. Ein Teil der Erneuerung ist …»
«Aah, Bob, ich grüße Sie!», sagte eine forsche Stimme.
Lord McAshton!
Tony musterte ihn und fragte sich, was er wohl mit dem Stein aus dem Kometen und mit seinen Träumen zu tun hatte.
«Hallo, Lord McAshton, darf ich Ihnen meinen Sohn Tony vorstellen?», sagte Bob.
«Nett, dich zu sehen.» McAshton streckte Tony die Hand entgegen.
«Hallo, Herr Lord», sagte Tony und war sich plötzlich ganz unsicher, wie man schottische Adlige ansprach.
«Moment mal! Bist du nicht der kleine Träumer, mit dem der ganze Ärger angefangen hat?»
«Tony interessiert sich für Ihre Familiengeschichte, Sir», erklärte Bob schnell. «Vor allem Ihr Familienwappen hat es ihm angetan.»
«Tatsächlich?», sagte McAshton argwöhnisch.
«Nein!», rief Tony erschrocken.
«Tony?» Bob schaute seinen Sohn fragend an.
Aber Tony hatte etwas gesehen, das die anderen noch nicht bemerkt hatten: Geiermeiers Laster kam die Auffahrt zum

Gutshaus heraufgedonnert, eingehüllt in dicke, dunkle Abgaswolken.

«Unsere Familiengeschichte ... Nun, es ist eine sehr blutige Geschichte», sagte McAshton und betrachtete Tony verwundert, der versuchte, sich hinter seinem Vater zu verstecken, damit Geiermeier ihn nicht entdeckte. «Aber du brauchst keine Angst zu haben, junger Mann. Die McAshtons sind 1562 geadelt worden und ...» Als Geiermeier seinen Laster krachend zum Stehen brachte, hörte er auf zu reden. Er drehte sich um und wurde aschfahl im Gesicht.

«Ich erzähle später weiter. Jetzt muss ich gehen.»

Er eilte auf den Laster zu. Geiermeier öffnete die Fahrertür und stieg aus.

Bob schaute seinem Chef verblüfft nach. Dann erkannte er Geiermeier.

«Tony», sagte er, «halte dich von diesem Mann fern! Er ist total übergeschnappt. Wenn er auch nur in deine Nähe kommt, musst du mich oder Mom anrufen oder die Polizei oder den Automobilclub oder sonst wen. Tony? Tony!»

Aber Tony war verschwunden.

Bob sah sich suchend um, doch er konnte nur Nigel und Flint entdecken, die in einiger Entfernung Cowboy und Indianer spielten. Er lächelte. Offenbar hatte Tony sich zur Abwechslung einmal zu einem vernünftigen Spiel anstiften lassen.

«Ah, Mr. Thompson», sagte ein dicker Mann mit Schutzhelm, der Vorarbeiter. «Sie habe ich gesucht. Wir haben ein kleines Problem an der Südseite. Könnten Sie wohl mal kommen?»

«Natürlich.» Bob sah sich noch einmal um, konnte nichts Besorgniserregendes entdecken und ging los, während der Vorarbeiter ihm das Problem erklärte.

Doch Tony war nicht zu Nigel und Flint unterwegs. Er hatte weitaus wichtigere Dinge zu erledigen.

Er versteckte sich hinter einem Schutthaufen und beobachtete Geiermeier und McAshton.

«Ich habe Ihnen doch gesagt, dass Sie nicht wieder herkommen sollen, es sei denn, Sie haben Beweise!», sagte McAshton.

Geiermeier erwiderte nichts. Stattdessen holte er die beiden Polaroidfotos aus seiner Jackentasche und schwenkte sie vor McAshtons Gesicht hin und her.

«Da, bitte sehr, Ihr Beweis! Vampire haben den Friedhofswärter angefallen und ihn ebenfalls zum Vampir gemacht.»

«Jamie Davies? Zeigen Sie her!» McAshton setzte sein Monokel auf und sah sich die Fotos an, aber er konnte nichts als Gras und Laub erkennen. «Da ist ja gar nichts zu sehen!»

«Das liegt daran, dass man Vampire nicht fotografieren kann, genauso, wie sie kein Spiegelbild haben.»

«Um Himmels willen!», stieß McAshton hervor.

Geiermeier fuhr mit den Fingern über eins der Fotos. «Hier, wo der Boden etwas eingedrückt ist, hat sein Körper gelegen.»

«Verstehe», sagte McAshton tonlos. Sein schlimmster Albtraum war Wirklichkeit geworden. «Und er ist gebissen worden?»

Geiermeier nickte. «Genau der Beweis, den Sie verlangt haben», sagte er. «Zwei deutliche Löcher im Hals. Und ganz und gar nicht die Art Löcher, die man gern auf einem Golfplatz hätte, was, mein Lord?»

«Vampirbisse», murmelte McAshton. «Hier … nach all den Jahren …»

«Und es wird wieder passieren», sagte Geiermeier. «Immer wieder werden sie zuschlagen, es sei denn, Sie und ich werden uns einig.»

McAshton sah ihn prüfend an. «Was wollen Sie wirklich von mir?»

«Hab ich Sie endlich so weit? Nun, da ist zuerst mal meine Gebühr ...»

«Geschenkt!» McAshton winkte ungeduldig ab.

«Und ich brauche Informationen. Sie wissen mehr, als Sie zugeben.»

«Was wollen Sie damit sagen?», brauste McAshton auf.

«Tun Sie doch nicht so! Warum sollten die Vampire sonst ausgerechnet hier auftauchen?»

McAshton schwieg.

«Gibt es vielleicht irgendwelche Verbindungen zu Ihrer Familie, die die Vampire hierher locken?»

«Eigentlich habe ich nie richtig an die alten Geschichten geglaubt», sagte McAshton, der mit hängenden Schultern dastand. «Wir gehen besser ins Haus.»

Er führte Geiermeier in die Eingangshalle des Gutshauses.

Tony sah sich vorsichtig um. Sein Vater war um die Ecke verschwunden und außer Sicht. Niemand sonst achtete auf ihn.

Also rannte er hinter den beiden ins Haus.

Sie hielten vor einer schweren Tür. McAshton öffnete sie, und Geiermeier folgte ihm in den Raum.

Es war ein großer Lagerraum, bis an die Decke mit verstaubten alten Bildern gefüllt – Bilder von Pferden und Jagdhunden und riesigen Hirschen im Hochmoor und vor allem Bilder von längst verstorbenen McAshtons, alle mit den prunkvollen Gewändern des schottischen Hochlandadels.

McAshton stand vor einem großen Bild und starrte es an. Es zeigte eine junge rothaarige Frau. Sie trug eine Kette, an der ein ganz ungewöhnlicher Stein hing.
Tony blieb der Mund offen stehen. Es war die Frau, die er im Traum gesehen hatte, die Frau, die ihren Umhang über den bewusstlos daliegenden Vampir Wenzel gebreitet hatte. Und auf dem Bild trug sie den Stein von Attamon an ihrer Halskette!
Jetzt begann McAshton zu sprechen. Tony strengte sich an, um etwas zu verstehen. «Es muss Elisabeth sein ... Elisabeth und ihr teuflischer Geliebter», sagte er. «Sie sind zurückgekehrt.»
Geiermeier besah sich das Gemälde und ganz besonders den Stein. Ein heimtückisches Lächeln lag auf seinen Lippen. Es war der Stein, nach dem seine Familie seit Jahrhunderten suchte!
«Vielleicht haben Sie Recht», antwortete er. «Erzählen Sie mir doch noch ein bisschen mehr von ihr!»
«Mein Großvater hat mir die Legende erzählt, und er hat gesagt, sie würde mit mir sterben.»
«Das könnte durchaus noch passieren, mein Lord!»
Ein Schauder überkam McAshton. «Sie ist eine meiner Vorfahren, Elisabeth McAshton. Eines Tages – sie ging am Strand spazieren und sammelte Muscheln – sah sie ein großes Segelschiff, das an einem Felsen vor der Küste zerschellt war, obwohl es keinen Sturm gegeben hatte. Auch sonst gab es keinen ersichtlichen Grund, weshalb dieses Unglück passiert sein sollte. Es waren keinerlei Anzeichen von Leben auf dem Wrack zu entdecken. Keine Besatzung, keine Toten. Es war ein Geisterschiff wie die *Marie Celeste*. Aber ein Mann hatte sich gerettet, er hatte sich verletzt an Land geschleppt.

Er besaß den Körper eines Menschen, aber es stellte sich heraus, dass er kein Sterblicher war.»
McAshton machte eine Pause, bevor er weitersprechen konnte.
«Sein Name war Wenzel … Wenzel von Schlotterstein. Er war ein Vampir, das grausamste und bösartigste Exemplar seiner Gattung. Und Elisabeth, ein naives, unschuldiges, junges Ding, verliebte sich in ihn.»
«Er hat sie verzaubert, mein Lord, sie in seinen Bann geschlagen!»
«Nun, wie auch immer … Jedenfalls war sie von diesem Wenzel-Wesen vollkommen eingenommen, und der Legende nach ist sie dann selbst zu einer Untoten geworden, die das Tageslicht scheute.»
«Und was ist dann passiert?»
«Die Familie musste Maßnahmen ergreifen. Sie war dazu gezwungen.» McAshton zeigte auf ein anderes Porträt, das eines wild dreinblickenden Mannes mit langem Bart, der einen Fuß auf einen erlegten Hirschen gestellt hatte. «Der damalige Lord und Gutsherr.»
Geiermeier betrachtete das Porträt aufmerksam. «Welche Maßnahmen?»
«Er hat ihr einen Pflock durchs Herz getrieben, seiner eigenen Tochter! Und Wenzel ebenso.»
«Warmherziges Völkchen, Ihre Familie», sagte Geiermeier. «Aber es war richtig. Das ist das Einzige, was man mit diesem Abschaum machen kann! Und wo befindet sich ihr Grab?»
«Warum wollen Sie das wissen?»
«Weil wir herausfinden müssen, ob sie es ist, die nachts umherwandelt und unschuldige Menschen beißt. Und wenn sie

es ist ... nun, dann wäre ich lieber kein Nachfahre ihres Vaters. Denn sie wird sich doch vermutlich rächen wollen, meinen Sie nicht?»
McAshton wurde noch blasser. «Kommen Sie mit!»

26. Kapitel

Geiermeier und McAshton gingen hinter dem Gutshaus durch den parkartig angelegten Garten auf ein merkwürdiges, pyramidenförmiges Gebäude zu. Es war das frühere Mausoleum der McAshtons, das ganz für sich allein am Rande einer kleinen Lichtung stand, wie etwas, das man verstecken musste. Geiermeier hatte einige Werkzeuge bei sich, ein Brecheisen, eine große Taschenlampe und mehrere Hämmer, die er aus dem Laster mitgenommen hatte.
Tony folgte ihnen in sicherer Entfernung, ängstlich darauf bedacht, sich durch kein lautes Geräusch zu verraten.
Er machte seine Sache sehr gut, bis ...
PENG-PENG!
Plötzlich sah er Nigel und Flint, die mit ihren Spielzeugpistolen aufeinander schossen.
«UAAAH!», schrie Tony erschrocken auf.
Die Jungen drehten sich zu ihm um.
O nein, das Zusammentreffen mit den beiden war das Letzte, was er jetzt gebrauchen konnte! Was wäre, wenn sie ihn an Geiermeier und McAshton verrieten? Tony war drauf und dran, zu seinem Vater zurückzulaufen und die Suche nach dem Stein aufzugeben.

Aber da schrien Nigel und Flint los. Sie waren über Tonys Anwesenheit mehr erschrocken als er über ihre.
Tony nutzte das sofort zu seinem Vorteil. Er streckte die Arme in einer theatralischen Geste vor, wie er es bei Ludwig von Schlotterstein gesehen hatte, und rief, so laut er konnte: «Ihr behindert den Herrn der Unterwelt!»
«Das wollten wir nicht», sagte Nigel mit kläglicher Stimme.
«Das reicht mir nicht!» Tony machte sich so groß, wie er konnte. «Ich verlange von euch, dass ihr in euer Zimmer geht, unters Bett kriecht – und dort bleibt!»
«Ja, Herr der Unterwelt!» Die beiden Jungen machten auf dem Absatz kehrt und liefen davon.
«Ich sagte: kriechen!», rief Tony.
Nigel und Flint gehorchten und krochen auf das Haus zu.
Doch Tony konnte es sich nicht leisten, den Anblick länger zu genießen. Er schob die Zweige eines Busches auseinander und spähte in die Richtung des Mausoleums.
Geiermeier und McAshton waren an der Tür des Mausoleums angekommen. Lord McAshton versuchte nervös mit einem großen verrosteten Schlüssel ein ebenso verrostetes Vorhängeschloss zu öffnen.
«Gestatten Sie, mein Lord! Ich bin Profi», sagte Geiermeier.
McAshton zuckte mit der Schulter und reichte ihm den Schlüssel, aber Geiermeier lehnte sich nur zurück und trat mit seinem schweren Stiefel die Tür ein.
«Gehört alles mit zum Service», sagte er, als McAshton ihn erstaunt ansah. Die Männer verschwanden in dem dunklen Gebäude. Sicherheitshalber wartete Tony noch einen Augenblick, ehe er ihnen über die Lichtung nachrannte.

Er schlüpfte durch die Tür. Ein lautes KLONK-KLONK! schallte hohl durch die Dunkelheit, das Geräusch von Metall auf Stein. Geiermeier musste dabei sein, etwas gewaltsam zu öffnen, das er nicht einfach eintreten konnte.
Langsam gewöhnten sich Tonys Augen an die Dunkelheit. Das Gebäude bestand aus großen, alten Steinblöcken, die im Laufe der Zeit feucht geworden waren, sodass kleine Kristalle darin glitzerten. Eine Treppe führte nach unten. Der Schein von Geiermeiers Taschenlampe blitzte aus der Tiefe auf, erleuchtete Wände und Decke und tauchte düstere Büsten von längst verstorbenen McAshtons in ein gespenstisches Licht. Tony wäre am liebsten weggelaufen, aber er bekämpfte seine Angst und schlich langsam vorwärts, bis er an ein eisernes Gitter am oberen Ende der Treppe kam. Er klemmte den Kopf zwischen die Eisenstäbe, um zu sehen, was da unten vor sich ging. Dabei passte er auf, dass seine Brille nicht runterfiel.
McAshton hielt Geiermeiers Taschenlampe und leuchtete Geiermeier, der die Verriegelung eines großen, steinernen Sargs zerschlug. McAshton war so nervös, dass die Taschenlampe mal hierhin, mal dorthin leuchtete.
«Halten Sie doch still!», schimpfte Geiermeier.
«Tut mir Leid», sagte McAshton.
Mit einem gewaltigen Krachen brach Geiermeier das letzte Siegel auf. Er ließ Hammer und Meißel fallen und stemmte sich mit seinem ganzen Gewicht gegen den Sargdeckel. Das malmende Geräusch, das dabei entstand, hätte jeden Toten da unten aufwecken können.
Der Sarg war leer. Es lag nur ein vertrockneter Knoblauchzopf darin, und zwar genau in der Mitte eines Pentagramms aus Sand. Außerdem sah Tony noch ein paar Ringe und Broschen.

«Was hat das zu bedeuten?», fragte McAshton voller Angst.
Mit den geübten Augen eines Vampirjägers unterzog Geiermeier das Ganze einer eingehenden Untersuchung. «Sie liegt nicht in ihrem Sarg», sagte er.
«Nun, das sehe ich auch.»
Tony richtete sich an dem Gitter auf, um einen besseren Blick auf den Sarg zu erhaschen, als plötzlich der Eisenstab, an dem er lehnte, nachgab. Tony spürte, wie er fiel. Er fiel Hals über Kopf ins Nichts. Verzweifelt bemühte er sich, mit Händen und Füßen irgendwo Halt zu finden. Doch er hatte nichts in den Händen als die lockere Eisenstange, an der er sich aus Leibeskräften festhielt. Mitten in der Luft blieb er hängen, direkt über dem offenen Sarg.
Glücklicherweise waren Geiermeier und McAshton zu beschäftigt, um ihn zu bemerken.
«Sie muss irgendwo anders sein», erklärte Geiermeier fachmännisch.
«Meinen Sie etwa, sie ist hinter mir her?»
«Vielleicht – vielleicht auch nicht. Ich hab solche Sachen schon öfter erlebt.» Geiermeier hob eine vertrocknete Knoblauchzehe auf. Sie explodierte in seiner Hand mit einem Knall wie von einem Gewehrschuss. «Deutet alles darauf hin», sagte er und zeigte auf das Pentagramm, «dass hier ein öffentliches Begräbnis stattgefunden hat. Niemand sollte merken, dass sie ein Vampir war.»
Er betrachtete einen Ring mit dem Familienwappen der McAshtons. «Man hat ihr alles abgenommen, was auf ihre Familienzugehörigkeit schließen ließ, so wie dieses kleine Juwelchen hier. Und dann hat man die Leiche woandershin transportiert.»

Tony hat Vampir-Sein geübt – zum Glück nur mit Ketchup

Auf der Straße steht Tony plötzlich Geiermeiers Laster gegenüber.

Tony ist begeistert, dass er an Rüdigers Hand fliegen kann.

Helga, Bob und Lorna bemerken einen seltsam modrigen Geruch in Tonys Zimmer.

Vor den Augen von Hildegard und Anna von Schlotterstein
hebt Ludwig Tony mit einem Finger in die Luft.

Die Vampirfamilie verlässt den Kuhstall.

Tony hält sich in McAshtons Mausoleum an einem Gitterstab fest.

Anna und Rüdiger befreien Tony aus dem Sarg.

Rüdiger wartet schon mit der fliegenden Kuhflotte auf Geiermeiers Laster.

Geiermeier öffnet die Tür von Bobs und Helgas Haus ganz ohne Schlüssel.

Rüdiger von Schlotterstein.

Mit aller Kraft hielt Tony sich an der Eisenstange fest und hörte Geiermeier sagen: «Vermutlich liegt sie in einem namenlosen Grab, in Ketten gelegt und mit einem Holzpflock im Herzen.»

McAshton schüttelte sich. «Aber das ist ja furchtbar!»

«Das Standardvorgehen in solchen Fällen.» Geiermeier dachte einen Moment nach. «Man durfte sie nicht in geheiligten Grund und Boden legen. Aber man wird sie irgendwo in der Nähe begraben haben, vielleicht sogar direkt vor den Friedhofsmauern.»

McAshton schaute in den leeren Sarg. «Sind Sie sicher, dass sie nicht hierher zurückkehrt?»

In dem Moment konnte Tony sich nicht länger festhalten und fiel in den Sarg. Eine Staubwolke aus vertrocknetem Knoblauch wirbelte auf.

«Sie ist wieder da!», schrie McAshton und trat schockiert von dem Sarg zurück.

Tony setzte sich auf und hustete.

«Sieh mal einer an!», sagte Geiermeier mit grimmiger Genugtuung. «Unser kleiner Vampirfreund!» Er griff nach Tony, und Tony biss ihn in den Arm.

«AU!»

«Aber … das ist ja Tommy Thompson, Thompsons Sohn!», rief McAshton. Er kniff die Augen zusammen. «Der Junge, der ständig Schwierigkeiten macht.»

«Mein Name ist Tony», korrigierte Tony. «Und Geiermeier will Sie bloß – mmlbff …»

Geiermeier hatte ihm den Mund zugedrückt. «Nun gut, mein Sohn, wie man sich bettet, so liegt man. Gute Nacht und angenehme Träume!» Er drückte Tony in den Sarg und schob den Deckel wieder darauf.

Tony war in vollkommener Dunkelheit gefangen.
«Ich bitte Sie!», stammelte McAshton erschrocken. «Das können Sie doch nicht machen! Er ist ja noch ein Kind!»
«Er ist einer von ihnen. Ich habe sie alle zusammen gesehen, wie sie durch die Nacht geschlichen sind und ihr Unwesen getrieben haben.»
«Aber dann müssen wir seinem Vater …»
Geiermeier packte McAshton.
«Es gibt mehrere Möglichkeiten, ein Loch in den Hals zu bekommen, mein Lord.» Geiermeier hielt ihm einen angespitzten Pflock an die Gurgel. «Zum Beispiel diese.»
«Ich … ich … ich …»
«Sie haben es selbst gesagt: Der Junge macht nichts als Ärger. Er ist ein Spion von der anderen Seite, und sein Auftrag besteht zweifellos darin, sie auf direktem Wege zu Ihnen zu führen, und dann …» Er fuhr mit dem Finger über McAshtons Hals. «Aber ich erwarte keine Dankbarkeit dafür, dass ich Ihnen bloß das Leben gerettet habe.» Er trat einen Schritt zurück und warf McAshton einen verächtlichen Blick zu.
«Tut mir Leid», sagte McAshton erschüttert. Er wischte sich mit einem riesigen Taschentuch über die Stirn. «Ich bin von Feinden umzingelt. Vermutet hatte ich das schon immer.» Er sah auf den geschlossenen Sarg. «Und Sie meinen, er ist wirklich …»
«Sicher verwahrt? Ja. Und jetzt entschuldigen Sie mich, bitte. Ich muss auf Vampirjagd gehen.»
Geiermeier stürmte die Treppe hoch.
«Warten Sie!», rief McAshton und rannte hinter Geiermeier her.
Tony lag ganz still in Elisabeths Sarg und horchte in die

Dunkelheit. Er hörte, wie sich die Schritte entfernten. Dann trat vollkommene Stille ein. Das Einzige, was noch zu hören war, war sein eigener Atem.
«MOM!», brüllte er.

27. Kapitel

Die Dunkelheit im Sarg war beklemmend. Tony drückte mit aller Kraft gegen den Deckel, aber das war vollkommen sinnlos. Es war einfach unmöglich, den schweren Deckel ganz allein wegzuheben.
Er griff in seine Taschen und holte seinen Schlüsselanhänger heraus, drückte auf einen Knopf, und eine kleine rote Lampe ging an. Sie spendete nicht viel Licht, aber es war besser als gar keins.
Elisabeths Ringe blitzten auf, doch besonders hilfreich war das auch nicht.
Er kehrte seine Taschen nach außen und untersuchte ihren Inhalt. Vielleicht war irgendwas dabei, das ihm zur Flucht verhelfen konnte. Ein PEZ-Spender ... nein. Drei Geldmünzen. Sein Taschenmesser ... unwahrscheinlich, dass er sich hier einfach herausschneiden könnte. Ein paar Fusseln. Annas tote Maus. Nichts davon war zu gebrauchen. Es war sogar zu spät, um Geiermeier noch mit dem schwarzen Tod anzustecken.
Moment mal, dachte er. Was hatte Anna gesagt? Wenn du mich brauchst, dann pfeif einfach! Und dann würde sie ihn küssen. Nun ja, das Risiko musste er eingehen.

Obwohl niemand ihn hören konnte, war es ihm ein bisschen peinlich, aber er spitzte die Lippen und versuchte zu pfeifen. Was er zustande brachte, war wieder nur eine Mischung aus einem Zischen und einem Piepsen. Er war einfach kein guter Pfeifer.

«Das ist doch vollkommen verrückt!», sagte er laut zu sich selbst. Aber wenigstens vertrieb das Pfeifen die Totenstille. Außerdem hatte er mal gehört, dass Menschen, die in der Dunkelheit Angst hatten, vor sich hin pfiffen, um sich einzureden, dass sie keine Angst hatten. Also machte er weiter und überlegte, welche Lieder er auswendig kannte.

FIEP!

Was war das? Tony strengte sich an, um besser zu hören. Er hörte etwas rascheln, gleich darauf fiepte es wieder. War das eine Antwort auf sein Pfeifen? Dann hatte sich Anna aber beeilt!

«Anna?» Er sah sich im Sarg um und versuchte zu ergründen, woher das Geräusch genau kam. Plötzlich entdeckte er zwei kleine Knopfaugen, die ihm aus einer Ecke des Sargs entgegenstarrten.

«Anna, bist du das? Bist du als Fledermaus gekommen?»

Aber nein, bei näherem Hinsehen war es nur eine Maus, eine ganz normale, lebendige kleine Maus. Tony und die Maus starrten sich gegenseitig an; beide waren überrascht. Schuldbewusst stopfte Tony Annas tote Maus in seine Tasche zurück.

«Das war ich nicht. Die hab ich so geschenkt bekommen», flüsterte er, und die andere Maus kroch schnell davon.

Wo war sie hergekommen? Und wohin war sie verschwunden?

Tony kroch zum anderen Ende des Sargs, und was er da sah,

ließ sein Herz höher schlagen. Einer der Steinblöcke, die die Seitenwände des Sargs bildeten, hatte einen Riss. Deutlich konnte Tony Zugluft spüren, Luft, die von draußen kommen musste.
Vielleicht gab es hier einen Ausgang! Und wenn es einen gab, musste Tony nur noch hoffen, dass er groß genug war, um nicht nur eine Maus hindurchzulassen.
Er pfiff eine Melodie, an die er sich erinnerte, aber so, wie er sie pfiff, hörte sie sich ganz anders an. Jedenfalls machte er sich an die Arbeit und versuchte, den Steinblock locker zu rütteln.

Einige Kilometer entfernt hingen Rüdiger und Anna in Tonys Haus von der Kellerdecke und schliefen wie Fledermäuse. Lumpi war sicherheitshalber an die Wand gekettet, und Ludwig und Hildegard lagen ausgestreckt auf dem Boden, weil Ludwig zu schwach war, um die richtige Schlafstellung einzunehmen.
Annas Ohren zuckten. Dann wurden sie größer und bewegten sich wie Radarschüsseln, die etwas Bestimmtes orteten. Sie hatten ein sehr dünnes und falsches Pfeifen empfangen.
Anna wachte auf und blinzelte. Es war noch zu früh und zu hell. Trotzdem wachte sie auf.
Sie ließ sich auf die Füße fallen, ging zu Rüdiger hinüber und weckte ihn.
«Rüdi!», flüsterte sie. «Tony braucht uns!»
Rüdiger blinzelte. Er schaute zum Fenster und sah an den Seiten der Fensterläden dünne Streifen hellen Sonnenlichts.
«Aber es ist Tag!», sagte er. «Die Sonne scheint noch und wir können nicht ...»

«Er muss in Gefahr sein», sagte Anna. «Oder er hat den Stein gefunden.»
Jetzt kam auch Rüdiger auf die Füße. «Das mag ja sein, aber was können wir um diese Tageszeit für ihn tun? Wir müssen warten, bis es dunkel ist.»
«Das dürfen wir nicht!», sagte Anna verzweifelt und biss sich auf die Lippen.
«Psst!», machte Rüdiger und zeigte auf ihre schlafenden Eltern. «Weck die anderen nicht!»
Sein Blick fiel auf das herumliegende Gerümpel. «Moment mal! Vielleicht können wir doch etwas für Tony tun.»
Obwohl sie versuchten, ganz leise zu sein, wachte Lumpi auf, der in seiner Zwangsjacke von der Decke baumelte. Seine Augen bewegten sich wild hin und her und hatten einen flehenden Ausdruck.
«Ich lass dich nicht frei», sagte Anna mit hoch erhobenem Zeigefinger, wie eine strenge Lehrerin. «Du würdest Tony doch bloß beißen, und dann wären wir alle verloren.»
Lumpi schüttelte verzweifelt den Kopf. Nein! Das würde ich niemals tun, schien er sagen zu wollen.
«Lass ihn!», sagte Rüdiger. «Komm lieber her und hilf mir mit den Sachen!»

Kurz darauf erreichte Bob Thompson die Auffahrt zu seinem Haus. Inzwischen machte er sich doch Sorgen, weil sich Tony mit Nigel und Flint einfach so auf der Baustelle verdrückt hatte. Er fragte sich, wie er seiner Frau erklären sollte, dass ihm ihr eigenwilliger Sohn vorübergehend abhanden gekommen war.
Aber er hatte Glück. Als er aus dem Wagen stieg, sah er weiter hinten im Garten jemanden, den er für Tony hielt. Dieser

Jemand sah aus wie ein kleines Pony aus Metall, das da munter über den Rasen und dann in Richtung Wald trabte. Bob konnte vier Beine sehen. Tony musste also einen Freund gefunden haben, und die beiden Jungen hatten sich offenbar in Alufolie eingewickelt. Eine dunkelrote Decke versperrte die Sicht auf den größten Teil des Ponys. Nur einen Helm konnte man erkennen, der von einer alten Ritterrüstung zu stammen schien.

«Hey, Tony!», rief Bob. Aber das Ungetüm hielt nicht an, und kurz darauf verschwand es zwischen den Bäumen. Bob schüttelte den Kopf.

Helga kam aus dem Haus. «Hallo, Liebling! Hast du Tony gerade gerufen?»

«Ja», sagte Bob und zeigte auf die Bäume. «Hab ihn grad in diese Richtung verschwinden sehen. Scheint einen neuen Freund gefunden zu haben. Vielleicht ist es dieser mysteriöse Rüdiger.»

«Ist Tony denn nicht mit dir zurückgefahren?»

«Ähm … nein. Als ich ihn das letzte Mal sah, spielte er mit Nigel und Flint.»

«Nigel und Flint?» Helga kniff die Augen zusammen. «Was haben sie mit ihm angestellt?»

«Sie haben Cowboy und Indianer gespielt.»

«Hört sich ganz in Ordnung an. Und du sagst, du hast Rüdiger gesehen? Wie ist er denn so?»

«Nun ja, ehrlich gesagt, habe ich ihn nicht richtig gesehen», antwortete Bob.

Helga biss sich auf die Lippen. Jetzt war sie es, die anfing, sich Sorgen zu machen.

Lord McAshton streifte durch die leeren Flure seines Gutshauses.
«Nigel! Flint!», rief er. «Wo seid ihr?»
Er ging in ihr Zimmer und fand sie unter den Betten, so, wie Tony es befohlen hatte.
«Was macht ihr denn da? Kommt raus!»
«Das geht nicht», sagte Nigel.
«Der Herr der Unterwelt erlaubt es uns nicht», ergänzte Flint.
«Wer?», fragte McAshton.
«Tony Thompson. Er ist ein Vampir.»
«Aber ... aber woher wisst ihr das?» McAshton war leichenblass geworden.
«Von ihm selbst. Und von dem anderen, mit dem er neulich Nacht in unser Zimmer gekommen ist.»
McAshton ging auf die beiden Jungen zu und zog sie unter den Betten hervor. Dann untersuchte er ihre Hälse nach den gefürchteten Löchern. Nichts!
«Sie haben euch nicht gebissen?»
«Nein», sagte Nigel.
McAshton setzte eine entschlossene Miene auf. «Ich muss alldem ein Ende bereiten!»
«Was sollen wir tun?», rief Flint.
«Kriecht wieder unter die Betten!», befahl McAshton und stürmte aus dem Zimmer.

Geiermeiers Laster stand direkt vor der Friedhofsmauer. Er war hell erleuchtet und bestens gerüstet für die herannahende Nacht. Geiermeier selbst rumorte im Anhänger herum und überprüfte seine Bohranlage. Alles schien zu funktionieren.

«Heute Nacht passiert's», sagte er zu sich selbst und grinste. Er steckte sich eine neue Zigarre an und beobachtete, wie die Sonne hinter den Bäumen verschwand.
Er schwenkte den Bohrarm aus und setzte die Spitze auf den Boden. Dann betätigte er einen Schalter. Der leistungsstarke Motor begann dröhnend zu arbeiten und brachte den Bohrer so schnell zum Drehen, dass man ihn kaum mehr erkennen konnte. Vorsichtig zog Geiermeier an einem Kontrollhebel. Der Bohrer stach in die Erde und wühlte Dreck und Steine auf.

28. Kapitel

Tony war immer noch verzweifelt damit beschäftigt, die Seitenwand des Sarges locker zu rütteln, leider ziemlich erfolglos, als er einen zischenden Laut hörte. Er hob den Kopf.
Im nächsten Moment – BLAMMM! – wurde der Sargdeckel aufgerissen.
Sobald die Staubwolke sich gelegt hatte, fand Tony sich Auge in Auge mit …
«Anna!»
Effektvoll posierte sie auf dem Sargdeckel, wedelte mit ihrem Fächer und machte einen äußerst selbstzufriedenen Eindruck.
«Küss mich, Dummkopf!», sagte sie, spitzte die Lippen, schloss die Augen und beugte sich zu Tony vor.
Aber Tony hatte Glück, denn plötzlich erschien Rüdiger hinter ihr und zog sie zurück.

«Tony, alles in Ordnung?»

«Du hast mich also tatsächlich gehört!» Tony stand auf und klopfte sich den Schmutz aus der Hose, vermied es aber, Anna in die Augen zu sehen.

«Natürlich habe ich dich gehört», sagte sie. «Und ich habe das versprochene Gedicht für dich geschrieben.»

«Wer hat dir das angetan?», fragte Rüdiger.

«Geiermeier. Wir müssen Elisabeth finden, bevor er es tut!»

«Also, willst du's nun hören oder nicht?», rief Anna.

«Wer ist Elisabeth?», fragte Rüdiger.

«Es handelt von der Macht der Liebe», sagte Anna.

«Die letzte Besitzerin des Steins von Attamon. Die Frau, von der ich geträumt habe.»

«Eine Macht, die den stärksten Stein durchdringt», sagte Anna.

«Ich glaube, da hinten gibt es einen Tunnel», rief Tony aufgeregt und richtete das schwache Licht seines Schlüsselanhängers auf die lockere Sargwand.

«Also, ich beginne jetzt», sagte Anna.

«Der Tunnel führt bestimmt zu ihrem richtigen Grab!»

Anna stellte sich auf den Rand des Sargs und begann das Gedicht vorzutragen: «Als ich sah in dein Gesicht / War es voller Angst und Sorgen.»

Rüdiger kletterte zu Tony in den Sarg.

«Denn es herrschte Frieden nicht.»

«Da ist ein Riss … ein richtiges Loch!»

«Unheil drohte unverborgen.»

«Wenn wir diesen Steinblock wegschieben könnten …»

«Doch du stelltest dich dem Feind.»

Rüdiger packte den Stein mit den Händen, und fast mühelos schob er ihn zur Seite.

«Und ich hatte einen Freund.»
«Stark!», sagte Tony. Er blickte in das Loch, das sich auftat, und hielt die kleine Lampe seines Schlüsselanhängers so weit hinein, wie sein Arm reichte.
«Der mich schützt im Sturmgetöse ...»
Rüdiger drehte sich zu Anna um, die mit geschlossenen Augen dastand und sich im Rhythmus ihres Gedichts wiegte.
«Anna, wir gehen!», rief er.
«... und vertreibet alles Böse.»
«Wenn wir doch bloß mehr Licht hätten!», sagte Tony. «Ich kann gar nichts sehen.»
«Du bist mein, und ich bin dein.»
«Wieso? Sieht doch gut aus!», sagte Rüdiger, als er in den Tunnel spähte.
«Doch eine Frau werd ich nie sein.»
Anna ließ plötzlich eine grelle Taschenlampe aufblitzen. «Geiermeier scheint sie vergessen zu haben», sagte sie. «Wie findest du mein Gedicht?»
Tony wurde rot. «Ach ... ähm ... toll ...»
«Ich hätte so gerne die Julia gespielt, aber Shakespeare hat gesagt, ich sei noch zu jung dafür.» Sie kicherte. «Wenn der wüsste ...»
Rüdiger riss ihr die Taschenlampe aus der Hand. «Pass bloß auf, dass du nie eine Schwester bekommst!», sagte er zu Tony. «Vor allem nicht so eine!»
Sie machten sich auf den Weg durch den Tunnel, und die Dunkelheit verschluckte sie.

Im Keller der Thompsons schlug Ludwig von Schlotterstein die Augen auf und sah, wie Lumpi sich über ihn beugte und ihm die Kette mit dem goldenen Ring vom Hals nahm.

«Lumpi, hör auf! Was tust du da?»
Lumpi lächelte. «Nur meine Pflicht. Ich werde den Clan zusammenrufen.»
«Aber ...»
«Ich kenne den Weg zu den Klippen.» Lumpi hob die Kette hoch und steckte sie in die Tasche. «Ich weiß, was zu tun ist. Glaub mir, Vater, es ist besser so. Du kannst mir folgen, sobald du stark genug dafür bist.»
Damit verschwand Lumpi durch die Kellertür. Ludwig sah ihm einen Moment wie benommen nach, dann streckte er eine Hand nach Hildegard aus und schüttelte sie. Sie wachte unsanft auf.
«Nun, mein Lieber», sagte sie, «heute Nacht wird sich alles entscheiden.»
«Er ist fort», sagte Ludwig. «Lumpi ist fort. Er hat die Kette mitgenommen!»
Hildegard schaute zur Decke hoch. «Die anderen sind auch fort.» Sie lächelte. «Sie mögen alterslos sein, Liebling, und dennoch werden sie langsam erwachsen. Jetzt ist es an ihnen, den Clan zusammenzurufen. Du solltest stolz auf sie sein.»
Ludwig sah sich um. Tatsächlich! Auch Rüdiger und Anna waren verschwunden. Lumpis Zwangsjacke hing schlaff an einem Haken.
«Entweder haben Anna und Rüdiger ihn freigelassen, oder er hat sich verwandelt. Ich hatte mich schon gefragt, wie lange er wohl brauchen würde, um darauf zu kommen», sagte Hildegard.
«Aber vielleicht nutzt er die Gelegenheit und beißt unterwegs einen Sterblichen!», sagte Ludwig.
Hildegard legte ihm einen Finger auf die Lippen. «Sch! Ich vertraue unseren Kindern genauso, wie ich dir vertraue. Wir

sind an diesem Tag und zu dieser Stunde hier, weil wir etwas Wichtiges zu erledigen haben.»

«Dein Vertrauen tut gut», sagte Ludwig. «Dann lass uns auch zu den Klippen gehen! Allerdings fühle ich mich immer noch sehr schwach. Ich muss fürchterlich aussehen.»

Hildegard umarmte ihn.

«Du hast selten besser ausgesehen. Und ich kenne dich nun wirklich lange genug, um das beurteilen zu können.»

Ludwig lächelte und drückte ihr die Hand. «Trotzdem fürchte ich, dass ich noch zu schwach bin, um zu fliegen.»

Plötzlich war von oben ein Geräusch zu hören.

«Was ist das?», sagte Ludwig erschrocken. «Geiermeier?» Und dann kam ihm ein noch schrecklicherer Gedanke. «Oder vielleicht Lumpi?»

29. Kapitel

Helga ging unruhig in der Küche auf und ab. «Es ist doch gar nicht Tonys Art, so lange wegzubleiben.»

«Was heißt hier ‹Tonys Art›? Seit er diesen Rüdiger kennt, hat er sich vollkommen verändert», sagte Bob.

«Ich dachte, Rüdiger hätte dir gefallen?»

«Ich hab ihn doch gar nicht richtig gesehen! Also, ich meine, natürlich habe ich ihn gesehen, aber er war von oben bis unten in Alufolie eingewickelt.»

«Und vorgestellt worden ist er uns auch noch nicht.»

«Seine Eltern auch nicht. Wahrscheinlich sind sie Ausländer.»

«Ausländer? Wir sind die Ausländer!»
Helga griff zum Telefon und wählte. «Ich rufe jetzt die Polizei an oder die Bullen oder wie immer sie hier heißen.»
«Bobbys», sagte Bob.
In dem Moment klingelte es an der Tür.
«Ich geh schon», sagte Bob und eilte zur Haustür.
Als er sie öffnete, erlag er auf der Stelle dem Charme der schönsten und bezauberndsten Frau, die er je gesehen hatte. Sie war sehr blass und hatte ein höchst interessantes Gesicht, in ihren Augen loderte ein geheimnisvolles Feuer, und ihr Lächeln offenbarte eine Reihe perfekter, scharfer Zähne. Bob konnte zuerst gar nichts sagen. Ihm war, als sehe er nur noch Sterne.
«Mein Name ist Hildegard von Schlotterstein», sagte Hildegard mit ihrer tiefen, rauen Stimme.
«O wie schön», sagte Bob wie benebelt. «Sie sind sehr schön. Es ist alles sehr schön.» Hildegard musterte Bob von oben bis unten. Sie atmete schwer und legte eine Hand an den Türrahmen, als suchte sie Halt.
«Entschuldigen Sie bitte», sagte sie. «Wie unhöflich von mir! Aber ich habe seit Ewigkeiten keinem so attraktiven, gesunden, vollblütigen Mann gegenübergestanden.» Sie sah auf Bobs Halsschlagader, die sichtbar pulsierte. «Die Versuchung, verstehen Sie, der Ruf des Blutes ...» Sie beugte sich vor und öffnete den Mund ein wenig. «Es tut mir Leid, aber das sind nun einmal unsere tiefsten Instinkte.»
«Mäßige dich, Liebling!», sagte Ludwig, der jetzt aus dem Schatten trat. «Denk an unseren Schwur!»
Hildegard schüttelte den Kopf, wie um sich selbst zur Vernunft zu bringen, und zwang sich, Bob in die Augen zu sehen. «Der Wunsch ist so stark, die Versuchung so groß, und

ich bin so schwach …» Sie verdrehte die Augen. «Aber ich muss stark sein. Ich bin Rüdigers Mutter.»
«O wie schön!», sagte Bob wieder und grinste vollkommen idiotisch.
Hildegard schluckte und wandte die Augen von Bob ab.
«Ich weiß, dass Sie sich Sorgen machen wegen Tony.»
«Tony?», sagte Bob.
«Tony ist Ihr Sohn.», sagte Hildegard.
«Wir wissen, wer Tony ist», antwortete Helga, die nun auch an die Tür kam. «Und wir möchten herausfinden, wo er ist.»
«Alles ist so schön!», sagte Bob.
«Was ist hier eigentlich los?», fragte Helga.
Dann erblickte sie Ludwig, und augenblicklich war sie genauso von ihm eingenommen, wie Bob es beim Anblick von Hildegard gewesen war. In Helgas verklärten Augen war Ludwig groß und stark und gut aussehend und elegant, also alles, was Bob nicht war, und vielleicht würde er sich ja – wie ein edler Ritter – mit ihr auf ein weißes Pferd schwingen und mit ihr Richtung Norden reiten, wo sie unter den Eisbergen und den Sternen ein besseres Leben führen konnten.
«Es geht um Tony», sagte Ludwig. «Er muss mit Lumpi zu den Klippen gegangen sein.»
«Lumpi?», fragte Helga, immer noch wie verhext.
«Unser Sohn», sagte Bob.
«Nein», antwortete Hildegard. «Er ist unser Sohn. Ebenso wie Rüdiger. Anna ist auch bei ihnen. Sie wollen sich den Kometen ansehen.»
«Ist Anna unsere Tochter oder Ihre?», fragte Helga und lächelte entrückt. Es schien ihr vollkommen egal zu sein, wessen Tochter Anna nun war.

«Unsere, aber Ihr Sohn hat sie regelrecht verzaubert. Er besitzt wirklich sehr viel Charme», sagte Ludwig.
«O ja, das finden wir auch.»
«Genau wie Sie, Mrs. Thompson», erklärte Ludwig. «Ich bin übrigens Ludwig von Schlotterstein, Ihr ergebenster Diener.» Er nahm Helgas Hand und beugte sich zu einem Handkuss vor.
Es war fast zu viel für ihn – eine gut durchblutete menschliche Hand anzufassen, warm und lebendig, nach all den Jahren! Vielleicht hatte Lumpi Recht. Vielleicht war es dumm gewesen, zu glauben, echte Vampire könnten von Rinderblut allein überleben. Was hatte es ihnen eingebracht in all den Jahrhunderten? Er war schwach. Und verletzt. Er brauchte einfach wieder einmal richtige Nahrung! Vielleicht könnte er an Mrs. Thompson ein bisschen naschen … Das würde ihr bestimmt nicht viel ausmachen.
«Mäßige dich, mein Liebster!», sagte Hildegard besorgt. «Denk an unseren Schwur!»
Schnell küsste Ludwig Helgas Hand und ließ sie wieder los. Er schloss die Augen. Das war gerade nochmal gut gegangen!
Ludwig und Hildegard sahen einander an und zogen ihre Umhänge enger um sich. Das merkwürdige Licht, das sie verströmten, wurde schwächer.
Helga und Bob merkten, dass die Aura der beiden Besucher sie nicht mehr ganz so stark in ihren Bann schlug.
«Wie wär's, Bob? Ich würde den Kometen auch gern sehen», sagte Helga. «Vor allem, wenn Tony dort ist», fiel ihr dann noch ein.
«Sicher», sagte Bob und schüttelte den Kopf. «Ähm … Müssen wir uns auch so elegant anziehen?»

«Elegant?»
«Na ja, ich meine Ihre Shakespeare-Kostüme.»
«Das sind keine Kostüme», erwiderte Ludwig scharf. «Wir sind Aristokraten und kleiden uns standesgemäß.»
«Bitte beeilen Sie sich», sagte Hildegard. «Die Zeit drängt.» Sie sah zum Himmel auf, wo der volle Mond seine Bahn zog, und tatsächlich war der Komet ihm schon sehr nah.
«Gut. Wo steht Ihr Wagen?», fragte Bob.
«Wir sind hergeflogen», sagte Ludwig, ehe Hildegard ihn daran hindern konnte.
«Ich fürchte, mein Mann ist nicht ganz gesund. Wir müssten mit Ihrem Wagen fahren», erklärte Hildegard.
«Aber selbstverständlich.»
Sie wollten gerade in den Landrover einsteigen, als McAshtons alter Bentley in die Auffahrt einbog und mit quietschenden Reifen anhielt.
McAshton riss die Fahrertür auf und wäre vor lauter Aufregung beinahe aus dem Wagen gefallen. Er stolperte, kam aber wieder hoch und eilte atemlos auf Bob zu, eine Axt und einen Holzpflock in der Hand. Ludwig und Hildegard zogen sich in den Schatten zurück, als sie diese verhassten Werkzeuge sahen.
«Da sind Sie ja, Thompson, alter Junge», sagte McAshton. «Ich habe eine Aufgabe für Sie. Sie wird Ihnen nicht gefallen, auf den ersten Blick jedenfalls nicht. Uns ging es genauso, als wir vor fast dreihundert Jahren in derselben Situation waren. Aber wir haben unsere Pflicht erfüllt. Und das ist es, worum es letzten Endes geht: um Pflichterfüllung!»
McAshton kam gleich zur Sache und demonstrierte, wie man den Pflock einhämmerte. «Die Spitze setzen Sie genau über dem Herzen an, und dann benutzen Sie die stumpfe

Seite der Axt. Tapp-tapp-tapp. Schön rhythmisch! Tapp-tapp-tapp, eins, zwei, drei – und rein! Dann ist es vorbei, und alle Probleme sind gelöst.»

«Wovon, um alles in der Welt, reden Sie?», fragte Bob.

«Sie müssen Tony diesen Pflock ins Herz treiben!»

«O mein Gott!», sagte Helga. «Sie sind ja vollkommen übergeschnappt!»

«Keine Sorge, er ist schon tot. Er ist ein Vampir.» McAshton beugte sich zu Bob vor. «Es ist sicher nicht leicht für einen Vater, das zu hören, aber Ihr Sohn ist ein Blutsauger!»

McAshton hielt Axt und Pflock hoch und lächelte. «Nehmen Sie's! Spätestens morgen früh werden Sie mir dankbar sein.»

Bob gab ein zorniges Schnauben von sich.

«Ich habe endgültig genug von Ihnen und diesem ganzen Gerede über Vampire! Nennen Sie Tony nie wieder einen Vampir!», rief er. «Wie können Sie es wagen, mich und meine Frau vor den Ohren unserer Gäste zu beleidigen? Diese Herrschaften», er zeigte über die Schulter nach hinten, wo Ludwig und Hildegard standen, «diese Herrschaften sind Aristokraten, eine echte Lady und ein echter Gentleman.»

«Aristokraten? Aber dann wissen sie doch Bescheid! Über ihre Pflichten.»

Ludwig trat aus dem Schatten heraus, gestützt von Hildegard, und starrte McAshton unheilvoll an. «Hören Sie, mein Herr! Wir kennen Tony, und ich garantiere Ihnen, dass er kein Vampir ist. Und jetzt, schlage ich vor, lassen Sie die Axt fallen und uns allein. Andernfalls kann nicht länger Frieden herrschen zwischen unseren Häusern.»

McAshton erlag der Aura von Macht, die Ludwig umgab. Er ließ die schwere Axt auf seinen Fuß fallen, ohne es überhaupt zu merken.

«Ja, lassen Sie uns allein! Sonst können Sie sich Ihren Golfplatz selber bauen», sagte Bob.
McAshton warf den nutzlos gewordenen Pflock über die Schulter. «Nun gut, ich gehe.» Damit stolperte er zu seinem Bentley zurück.
«Hast du das gehört, Helga? Ich hab ihn rausgeschmissen!», sagte Bob.
«Du warst wunderbar!»
«Bitte!», sagte Hildegard. «Der Komet!»
Bob öffnete die Wagentüren. Helga half Hildegard und Ludwig, hinten einzusteigen. Die beiden stellten sich etwas umständlich an, als hätten sie noch nie ein Auto aus der Nähe gesehen. Als auch Helga eingestiegen war, ließ Bob den Motor an, legte den Gang ein und fuhr die Auffahrt hinunter.
«Sie sollten sich schämen!», rief er, als sie an McAshtons Bentley vorbeifuhren. «In Ihrem Zustand dürften Sie gar nicht fahren!»
McAshton blieb in seinem Wagen sitzen und dachte nach. Er ließ noch einmal die jüngsten Ereignisse Revue passieren, und versuchte herauszufinden, was schief gelaufen war.
Und dann wurde ihm eins klar: Die beiden eben – das waren keine Aristokraten, sondern Vampire!
Im Landrover stellte Bob den Rückspiegel richtig ein, und was er da sah – beziehungsweise nicht sah –, schockierte ihn: Niemand saß auf den Rücksitzen!
Schnell warf er einen Blick über die Schulter. Und da saßen sie, so, wie sie eingestiegen waren, Ludwig und Hildegard, gerade und aufrecht und sichtlich nervös.
«Irgendwas nicht in Ordnung, Liebling?», fragte Helga.
Bob schüttelte den Kopf.

30. Kapitel

Während ihre Eltern sich auf eine so ungewöhnliche Art kennen lernten und über die mondhellen Landstraßen fuhren, gingen Anna, Rüdiger und Tony vorsichtig durch den langen, dunklen Tunnel, der von dem leeren Grab in McAshtons Mausoleum wegführte.

Das Geräusch ihres eigenen Atems und ihrer Schritte war alles, was sie hören konnten. Es kam ihnen vor, als seien sie schon eine Ewigkeit unterwegs, aber noch war kein Ausgang in Sicht. Die Tunnelwände sahen überall gleich aus. Hinter ihnen lag eine Kurve und dahinter Dunkelheit. Vor ihnen lag eine Kurve und weiter davor wieder nichts als Dunkelheit. Spinnennetze und Baumwurzeln schlugen ihnen ins Gesicht, obwohl sie Geiermeiers Taschenlampe eingeschaltet hatten.

Und dann war da von Zeit zu Zeit ein entferntes Geräusch, das sich anhörte wie das tiefe Surren eines Zahnarztbohrers, der sich durch eine Schicht Steine arbeitete.

«Was ist das?», fragte Tony.

«Weiß ich nicht», sagte Rüdiger, «aber es hört sich nicht gut an.»

Anna stolperte über einen großen Stein.

«Der Weg ist so uneben!», beschwerte sie sich.

«Wahrscheinlich ist der Gang in großer Eile gegraben und nur ein einziges Mal benutzt worden», flüsterte Tony. «Jedenfalls schließe ich das aus dem, was Geiermeier gesagt hat. Wir haben Glück, dass er noch nicht in sich zusammengefallen ist.»

«Vielleicht wäre es besser für uns, wenn er das getan hätte», flüsterte Anna.

«Aber dann könnten wir nicht weitergehen», sagte Rüdiger.
«Ja, schon. Aber so fällt der Tunnel vielleicht jetzt gleich in sich zusammen. Wenn er es vorher getan hätte, wäre es sicherer für uns», argumentierte Anna bestechend logisch.
«SCH!», machte Rüdiger.
«Ich verstehe überhaupt nicht, warum wir flüstern müssen», sagte Anna.
«Die Wände haben Ohren, das weißt du doch!», antwortete Rüdiger. «Die Maus, die Tony im Sarg gesehen hat ... Wer weiß, für wen sie arbeitet?!»
«Eigentlich müssten wir inzwischen ganz in der Nähe des Friedhofs sein», sagte Tony.
«Das behauptest du schon seit Stunden!», sagte Anna.
«Nicht seit Stunden», sagte Rüdiger. «Übertreib doch nicht immer so!»
«Irgendwas kommt mir anders vor», bemerkte Anna plötzlich.
Sie blieben stehen.
«Stimmt», sagte Rüdiger. «Als ob hier mehr Luft wäre. Auch das Echo klingt anders.»
«Ich merke nichts», antwortete Tony und leuchtete mit der Taschenlampe nach vorne. Im Spiel von Licht und Schatten wirkten die herabhängenden Baumwurzeln wie drohende Gespenster. Tony war froh, dass er nicht allein hier unten war, sondern seine Freunde bei sich hatte. Noch besser hätte er es allerdings gefunden, endlich aus dem Tunnel herauszukommen und die ganze Sache hinter sich zu haben.
«Lasst uns weitergehen!», drängte er und nahm die nächste Kurve.
«Bis ans Ende der Welt, Liebster!», rief Anna, als sie ihm mit Rüdiger folgte.

Aber plötzlich konnten die beiden Geschwister nicht weitergehen. Keuchend und vor Schmerzen stöhnend, blieben sie stehen. Wie eine undurchdringliche Wand hatte sich etwas vor ihnen aufgebaut.
«Was ist mit euch los?», fragte Tony, der schon ein paar Meter vor ihnen war.
«Da vorne ist irgendwas», sagte Anna.
«Ein Zauber», sagte Rüdiger. «Ein Bann.»
«Du musst allein weitergehen», rief Anna.
«Seid ihr okay?», fragte Tony besorgt.
«Ja. Wir können nur nicht weitergehen. Bitte finde heraus, woran es liegt!»
Rüdiger und Anna tasteten sich ein paar Meter zurück, bis sie den Zauber, was immer es war, nicht mehr spürten. Sie lehnten sich an die Tunnelwand.
Tony fühlte sich gar nicht wohl, so ganz allein. Was, wenn gerade jetzt etwas passierte? Dann würden die Vampire ihm nicht zu Hilfe eilen können. Er war ganz auf sich allein gestellt. Aber andererseits war es genau das, was er der Familie angeboten hatte: dass er ihnen an Orten helfen wollte, zu denen sie selbst keinen Zugang hatten. Er hatte allerdings gedacht, das alles würde sich bei Tageslicht abspielen – und nicht in feuchten, dunklen Tunneln. Trotzdem musste er sein Versprechen halten. Also ging er weiter.
Jetzt merkte auch er, dass sich die Luft anders anfühlte. Sogar die Geräusche klangen anders.
«Der Tunnel wird breiter», rief er. «Hier ist er so groß wie ein richtiger Raum, ein in Stein gehauenes Zimmer, und … WOW!»
«Was ist?», rief Rüdiger.
«Ich glaube, wir haben es gefunden!»

«Ich wusste, dass du unser Retter sein würdest!», rief Anna und klatschte in die Hände.
Der Strahl der Taschenlampe fiel auf einen großen Steinsarg, um den mehrere Ketten gelegt waren. Tony ging näher heran, um ihn sich genauer anzusehen. Der Sarg war riesig, groß genug für zwei, und der Deckel sah ungeheuer schwer aus. Auch die Ketten waren ungeheuer massiv, so schwer wie Ankerketten, die ein ganzes Schiff halten konnten. Und sie waren mit einem großen, rostigen Vorhängeschloss gesichert, das auf einer Steintafel oberhalb des Sargdeckels lag. Die Tafel trug eine Inschrift.
«Hier steht was», rief Tony. Er wedelte den Staub von Jahrhunderten von der Tafel. «Keine Ahnung, was das heißen soll: C-A-V-E-A-T V-A-M-P-T-O-R. Was soll das denn bedeuten?»
«Das ist Lateinisch», antwortete Rüdiger. «Caveat vamptor – Möge der Vampir sich in Acht nehmen. Es ist ein Fluch.»
«Oh, wie ihr Sterblichen uns immer quälen müsst!», heulte Anna auf.
«Nicht alle», sagte Tony.
«Natürlich nicht, Liebster! Wie gedankenlos von mir!»
Tony untersuchte das Schloss. Unmöglich zu knacken, dachte er. Wie sollte er so ein schweres Ding kaputtkriegen? Aber andererseits war es vielleicht schon so verrostet, dass ein einziger Hieb es auseinander reißen würde.
Er hob einen Stein auf, der so groß war, dass er ihn gerade noch mit beiden Händen halten konnte, und hämmerte damit auf das Schloss ein.
Nichts passierte.
«Ich kann nichts machen!», rief er.
«Nur Mut, Liebster!»

Er versuchte es noch einmal. «Du blödes Ding, geh endlich kaputt!»
Aber nichts rührte sich. Das Schloss war so intakt wie an dem Tag, als es hier angebracht wurde. Eher würde der Stein zu Staub zerfallen, als dass das Schloss nachgab.
«Es hat keinen Sinn!», rief Tony verzweifelt und ließ den Stein fallen. «Jetzt hilft uns nur noch ein Wunder.»
In dem Moment ertönte ein kreischendes Surren, von dem das ganze Erdreich zu vibrieren begann. Es schien jetzt viel näher zu sein.
«Da ist es wieder!», sagte Rüdiger.
«Ich glaube … ich glaube, es kommt genau von oben», sagte Tony.
Er blickte nach oben. Das surrende Geräusch wurde immer lauter.
Plötzlich stieß eine Metallspitze durch das Gestein, und Erde, Sand und kleine Steinchen prasselten auf Tony herab. Er hielt schützend die Hände vor die Augen und rannte zu einem Pfeiler, um sich in Sicherheit zu bringen.
«O nein!», schrie Rüdiger.
Vorsichtig lugte Tony hinter dem Pfeiler hervor. Ein riesiger Bohrer schraubte sich abwärts und bewegte sich geradewegs auf den Sarg zu.
«O ja!», schrie er glücklich. «Das Wunder geschieht tatsächlich!»
Schnell huschte er aus seinem Versteck und zog das Vorhängeschloss direkt unter den Bohrer, dann rannte er wieder zum Pfeiler zurück.
Der Bohrer kam näher und näher. Mit einem gewaltigen Funkenregen und einem ohrenbetäubenden Kreischen traf er auf das Schloss. Die Ketten wickelten sich in einem Rie-

senknäuel um den Bohrer. Immer noch stieß das Gerät weiter in die Tiefe und zerschmetterte die Steintafel mit der Inschrift. Dann riss das Schloss entzwei, und die Ketten fielen scheppernd zu Boden.
Im nächsten Moment brach der Bohrer durch. Schwere Metallbrocken flogen durch die Luft und landeten klirrend an den Tunnelwänden. Wer immer den Bohrer da oben führte, schaltete ihn sofort ab. Rauch und Staub wirbelten durch die Luft.
«Wir sind befreit!», jubelte Anna.
«Du hast es geschafft, du hast den Bann gebrochen!», rief Rüdiger, als er zusammen mit Anna auf Tony zulief.
«Es muss Geiermeier sein», sagte Tony, als die traurigen Überreste des Bohrers hochgezogen wurden. «Schnell, helft mir mit dem Sargdeckel! Wir müssen uns den Stein schnappen, bevor er merkt, dass wir hier sind.»
Mit Tonys Hilfe zogen und zerrten Rüdiger und Anna an dem schweren Steindeckel. Knirschend ließ er sich schließlich zur Seite schieben.
Tony schnappte nach Luft. In dem Sarg lagen ein Mann und eine Frau, beide in altertümliche Gewänder gekleidet. Sie sahen aus, als hätten sie sich schlafen gelegt und seien dann von jemandem mit staubigem Mehl bestreut worden. Was den friedlichen Eindruck allerdings störte, waren die Holzpflöcke in ihren Herzen.
«Das ist Elisabeth», sagte Tony. «Sie sieht genauso aus wie auf dem Gemälde. Und wie in meinem Traum.»
«Und das ist Onkel Wenzel», sagte Rüdiger traurig. «Vater hatte Recht.»
«Wie romantisch!», seufzte Anna. «Sie sind vereint in ewiger Liebe!»

«Oh nein!», rief Tony und zeigte auf Elisabeths Hals. Die Kette, die sie auf dem Porträt trug, war noch da, aber das Wichtigste fehlte. «Der Stein von Attamon – er ist nicht da!»

«Vielleicht ist er rausgefallen», sagte Rüdiger hoffnungsvoll.

Tony streckte die Hände wie hypnotisiert nach der Kette aus, und in dem Moment, als er sie mit den Fingern umschloss ...

PUFFF!

Die ausgetrockneten Körper lösten sich in Staub auf.

«O Tony!», jammerte Anna, als sie auf die Überreste des romantischen Helden und der Heldin blickte. «Was hast du getan?»

Aber Tony konnte sie nicht hören. In dem Moment, als er die Kette berührte, fühlte er eine eisige Kälte, als sei er in ein Eismeer getaucht worden.

«AAAAA!», schrie er, aber er konnte die Kette nicht loslassen.

«Tony!», kreischte Rüdiger, als er sah, wie Tonys Augen in ihren Höhlen herumrollten. Tonys ganzer Körper zitterte, und dann hatte er eine neue Vision:

Ein Schloss auf einem Hügel zeichnete sich gegen den Himmel ab. Zwei Menschen rannten. Sie wurden gejagt, von mindestens zwanzig anderen, die mit Fackeln und Mistgabeln und Spaten bewaffnet waren. Das Schloss war Tonys eigenes Haus! Aber es sah ganz anders aus, wie ein richtiges Schloss.

Und die gejagten Menschen waren Elisabeth und Wenzel, die vor einer wütenden Menge von Dorfbewohnern flohen. Ihr Anführer war niemand anders als Lord McAshton. Aber

er sah anders aus als der, den Tony kannte. Es musste ein Vorfahre des jetzigen Lords sein.
Tony sah hilflos zu, wie Wenzel sich zu den Dorfbewohnern umdrehte und Elisabeth zurief, sie solle schon vorlaufen zum Schloss. Elisabeth brach in Tränen aus, als Wenzel von der wütenden Menge gepackt und zu Boden geworfen wurde.
Der frühere McAshton sah zu Elisabeth hinüber, zeigte auf sie, und die Menge stürzte ihr nach. Elisabeth drehte sich um und rannte. Mit den Händen umklammerte sie den Stein von Attamon. Sie flüchtete ins Schloss und lief die gewundene Treppe hinauf. Schwere Schritte verfolgten sie. Mit vor Angst aufgerissenen Augen rannte sie durch die Flure und verschwand in einem Zimmer auf der linken Seite.
Tony erkannte es. Es war sein Zimmer, so, wie es vor Hunderten von Jahren ausgesehen hatte. Elisabeth warf die Tür hinter sich zu und legte einen Riegel vor. Fackeln brannten zu beiden Seiten der Tür.
Voller Entsetzen trat sie ein paar Schritte zurück, als die Dorfbewohner an die Tür hämmerten. Sie konnte nirgendwohin, sich nirgendwo verstecken. Auf einmal stolperte sie über ein lockeres Bodenbrett und fiel hin.
Unter dem Bodenbrett entdeckte sie einen Hohlraum. Verzweifelt nahm sie den kostbaren Stein von der Kette ab, wickelte ihn in ihr Täschchen und legte es in das dunkle Versteck. Sie schaffte es gerade noch, das Bodenbrett wieder hinzulegen, bevor der damalige Lord McAshton ins Zimmer stürzte und sie voller Verachtung anstarrte. Er hob ein Kreuz.
Elisabeth zischte und versuchte, sich zu wehren, aber es hatte keinen Zweck. Der Lord machte einen Schritt auf sie zu … und dann löste sich die Vision auf.

Tony öffnete die Augen.
«Alles in Ordnung?», fragte Anna, aber Tony unterbrach sie.
«Kein Wunder, dass ich dauernd diese Träume hatte», sagte er atemlos. «Der Stein war die ganze Zeit direkt neben mir.»
«Wie bitte?», fragten Anna und Rüdiger gleichzeitig.
«Elisabeth hat ihn genau neben meinem Bett versteckt!», rief Tony.
Aber anstatt sich zu freuen, versteinerten Rüdiger und Anna plötzlich, und ihre Blicke schweiften in die Ferne, als blickten sie durch die Tunnelwände hindurch.
«Der Ruf …», murmelte Rüdiger wie im Traum.
«Wir müssen gehen …», sagte Anna in demselben schläfrigen Tonfall.
«Ja», sagte Tony. «Wir müssen zu mir nach Hause.»
Aber Rüdiger und Anna waren wie gelähmt. Tony schwenkte die Hände vor Rüdigers Gesicht. Keine Reaktion.
Hilflos blickte sich Tony um und sah plötzlich, dass etwas von dem Bohrloch herabbaumelte. Ein Mikrophon. Wo, um alles in der Welt, kam das nun wieder her?
«O nein!», sagte Tony, als er begriff, was das zu bedeuten hatte. «Geiermeier! Er hat alles gehört!»
Höhnisches Gelächter ertönte von oben. Als Nächstes hörte Tony ein vertrautes Geräusch, denn nun wurde der Motor des großen Lasters angelassen.
«Er wird als Erster da sein!», rief Tony und zog Rüdiger am Arm. «Nun wach doch endlich auf!»
«Der Ruf …», murmelte Rüdiger wieder.
«Ja», sagte Anna. «Wir müssen zu der Versammlung …»
«Wovon redet ihr eigentlich?»

Rüdiger sah Tony an, als sei er ein Fremder. «Der Ruf zur Versammlung des Clans. Wir müssen ihm folgen.»
Und bevor irgendjemand etwas sagen konnte, flog Anna zum Bohrloch hinaus.
«Anna!», brüllte Tony.
«Ich muss los», sagte Rüdiger. «Der Ruf gilt uns allen.»

31. Kapitel

Der Ruf zur Versammlung derer von Schlotterstein ertönte tatsächlich.
Am Rande der Klippen, mit dem Blick über das schwarze Meer, stand Lumpi, ganz allein. Voller Stolz schwang er die Kette seines Vaters, und die leere Fassung, die daran hing, kreiste wie ein goldener Zirkel über seinem Kopf.
Ein tiefes Summen, hörbar nur für Vampire, ging von der Kette aus und vibrierte durch den Äther, um die zu rufen, die es hören konnten.
Aus allen Himmelsrichtungen kamen seltsame Fledermäuse herbeigeflogen und sangen dabei in hohen Tönen.
Mr. Boggins saß auf der Terrasse seines Hauses, um sich den Kometen und den Mond durch sein Teleskop anzusehen. Er war höchst überrascht, als ihm so viele Fledermäuse die Sicht versperrten. Er stand auf und fuhr sich verwundert über die Stirn.
Ludwig und Hildegard, die zusammen mit Bob und Helga im Landrover zu den Klippen unterwegs waren, hoben die Köpfe und sahen ebenfalls nach oben.

«Hören Sie es?», fragte Hildegard.
«Was soll ich denn hören?», fragte Bob.
«Lumpi.» Hildegard legte eine Hand auf Helgas Schulter. «Was immer Sie heute Nacht sehen werden», sagte sie, «Sie brauchen keine Angst zu haben. Einige von uns werden zwar in Versuchung kommen, aber wir werden nicht zulassen, dass Ihnen auch nur ein Haar gekrümmt wird.»
«Wovon sprechen Sie?», fragte Helga. «Welches Haar?»
«Keins», sagte Ludwig. «Ihnen wird kein Haar gekrümmt werden. Sie haben nichts zu befürchten.» Dennoch schien er recht besorgt zu sein, als er seine Frau ansah.
Auf dem Feld hörten die Vampirkühe den Fledermausgesang. Sie sahen zum Himmel auf und dann einander an. Wissend schloss Mitsy die Augen und senkte den Kopf, und mit einem weithin tönenden MUUUH! führte sie ihre Schwestern über das Feld und ihrem Schicksal entgegen.

Am Grab von Elisabeth und Wenzel hatte Tony große Mühe, Rüdiger zum Zuhören zu bewegen. Er hatte ihn an beiden Armen gepackt und versuchte, ihn daran zu hindern, genau wie Anna einfach wegzufliegen.
«Jetzt hör mir doch endlich zu, Rüdiger!», brüllte er. Und dann tat er etwas, das er nie für möglich gehalten hätte: Er gab Rüdiger eine kräftige Ohrfeige.
«AU!», schrie Rüdiger. Er sah Tony wütend an, als habe der ihn aus einem schönen Traum geweckt. Erst dann schien er ihn zu erkennen. «Tony!»
«Was ist eigentlich mit dir los?», fragte Tony. «Wir müssen sofort zu mir nach Hause!»
«Der Stein!», fiel Rüdiger ein. «Den hatte ich ganz vergessen!»

«Wie konntest du nur? Und was soll das mit der Versammlung bedeuten?»
«Das kann ich dir jetzt nicht erklären. Komm!»
Er nahm Tony bei der Hand, und die beiden hoben ab.
Sie mussten sich ziemlich klein machen, als sie durch Geiermeiers Bohrloch aufstiegen. Tony bekam ein paar unschöne Kratzer. Sie hatten schon fast die Erdoberfläche erreicht, als es ganz eng wurde. Einen furchtbaren Moment lang dachte Tony, er würde hier für immer stecken bleiben.
«Atme aus!», schrie Rüdiger, und Tony presste so viel Luft aus seiner Lunge, wie er nur konnte. Rüdiger zog und zog, und schließlich ploppte Tony wie ein Korken aus dem Loch.
Er ließ sich auf Hände und Knie nieder, hechelte und sah sich um. Keine Spur von Geiermeier! Aber es sah aus, als hätte ein ganzes Heer von Maulwürfen das Erdreich aufgewühlt.
«Wow!», sagte Tony.
«Geiermeier! Er hat hier aufgebohrt, um Elisabeth zu finden. Er hat das ganze Gelände in einen Schweizer Käse verwandelt.» Rüdiger sah auf Tony herab. «Alles in Ordnung?»
«Ja, geht schon wieder. Geiermeier wird inzwischen fast da sein.»
Rüdiger reichte ihm eine Hand. «Dann müssen wir uns beeilen, wenn wir ihn noch aufhalten wollen!»

Oben auf den Klippen hatte Lumpi alles getan, was getan werden musste, um die Vampire zusammenzurufen. Ganz ruhig stand er da, die Kette seines Vaters in der Hand, als Anna angeflogen kam.
«Hallo, Anna!», sagte er. «Du bist die Erste.»

«Hallo, Lumpi!», antwortete Anna und lächelte.
Ein Motorengeräusch ließ beide aufschrecken. Der Landrover kam in Sicht und parkte in ungefähr dreißig Metern Entfernung.
«Von Tony ist aber nichts zu sehen», sagte Helga.
Ludwig und Hildegard sprangen aus dem Wagen und stiegen den Hügel zur Felsenklippe hinauf, wo ihre Kinder standen. Bob wollte auch aussteigen, aber Helga hielt ihn zurück, um der anderen Familie einen ungestörten Moment des Wiedersehens zu gönnen.
Das Meer war unruhig, und der Mond stand groß und unnahbar über den Wellen. Der Komet Attamon schien ihn schon fast zu berühren.
«Gleich ist es so weit», sagte Ludwig und legte eine Hand auf Lumpis Schulter. «Danke, mein Sohn.»
Lumpi lächelte stolz.
Anna überlegte einen Moment, die Stirn in Falten gezogen. «Jetzt weiß ich es wieder», sagte sie plötzlich, und ihre Miene hellte sich auf. «Der Stein von Attamon ist in Tonys Zimmer. Bestimmt sind sie dahin unterwegs, um ihn zu holen. Ich wäre ja auch gern mitgegangen, aber es war so ein wunderbarer Ruf, dass ich ihm einfach folgen musste.»
«wie wir alle», sagte Ludwig und schaute in den Himmel.
Bob und Helga wollten gerade aus dem Wagen steigen und Ludwig und Hildegard folgen, als sie plötzlich innehielten.
«O mein Gott!», rief Helga.
Seltsame Gestalten fielen vom Himmel! Sie landeten auf den Klippen, nahe dem Wald, auf den Wiesen und rings um den Wagen.
Sie sahen zum Fürchten aus und waren in phantastische,

abenteuerliche Gewänder gekleidet. Ihre langen Haare waren zu hohen und bizarren Frisuren aufgetürmt. Es waren Vampire aus allen Jahrhunderten, der Clan derer von Schlotterstein.

«Es scheint sich um ein Kostümfest zu handeln», sagte Bob. «Aber wie sind sie bloß hierher gekommen?»

Ein paar Neuankömmlinge bemerkten die beiden und scharten sich um das Auto. Alle hatten blasse Gesichter und dunkle Augen, und einige von ihnen leckten sich die blutroten Lippen.

«Ich glaube nicht, dass sie verkleidet sind», sagte Helga. «Sie wirken so echt!»

Einer der Neuankömmlinge, Otto van Bleek war sein Name, lächelte und zeigte dabei seine glänzenden Eckzähne.

«Wie nett von Ludwig», sagte er zu seiner Frau Eleonore. «Eine kleine Stärkung vorweg.»

«O-oh!», machte Bob.

«Hildegard hat doch versprochen, uns würde nichts passieren», sagte Helga besorgt. «Ich frage mich, was sie damit gemeint hat.»

Jetzt wurden die van Bleeks von Lumpi zur Seite gestoßen.

«Das sind unsere Freunde», sagte er. «Ihr dürft ihnen nichts tun.»

«Danke, Rüdiger!», rief Helga aus. «Du bist doch Rüdiger, oder?»

«Nein, ich fürchte, der bin ich nicht», sagte Lumpi.

«Aber wo ist er denn?», fragte Bob.

«Und wo ist Tony?», rief Helga.

32. Kapitel

Wie zwei Düsenjäger kurvten Tony und Rüdiger über die Bäume und landeten unsanft auf dem kleinen Balkon vor Tonys Zimmer.
«Wow!», sagte Rüdiger. «Das war die härteste Landung, die ich je hingelegt habe.»
«Beeil dich!», drängte Tony.
«Normalerweise bist du in deinem Zimmer, wenn ich hier lande, und machst mir auf», sagte Rüdiger und sah nachdenklich zum Fenster.
«Beeil dich trotzdem!», sagte Tony. «Geiermeier ist im Anmarsch.» Das tiefe Dröhnen von Geiermeiers Laster war deutlich zu hören. Er konnte nicht mehr weit sein. Tatsächlich hatte er den Hügel schon erreicht und war nur noch ein paar hundert Meter entfernt.
«Was soll ich denn tun?», fragte Rüdiger.
Tony trat ans Fenster und riss es auf.
Plötzlich wurde alles in gleißendes Licht getaucht: Geiermeiers Anti-Vampir-Lampe erleuchtete die gesamte Vorderfront des Hauses.
«Das Licht!», heulte Rüdiger auf.
Tony schob ihn ins Zimmer, sprang hinter ihm her und landete genau auf ihm. Das gleißende Licht machte Tonys Zimmer so hell, als ob darin ein weiß glühendes Feuer brannte.
«Schnell!», sagte Tony.
Rüdiger kroch vom Fenster weg, sorgsam darauf bedacht, nicht von dem Lichtstrahl getroffen zu werden. Dann auf einmal erlosch das Licht.

«Gut, dass es vorbei ist», sagte Rüdiger, und sein Atem normalisierte sich.
«Aber er ist nicht weggefahren, er hat den Wagen nur geparkt. Geiermeier kann jeden Moment hier oben sein!»
«Ja. Also, wo ist der Stein?»
Tony sah sich in seinem Zimmer um und versuchte sich zu erinnern, wo die Stelle war, an der Elisabeth den Stein versteckt hatte. Aber sein Zimmer sah jetzt natürlich ganz anders aus als damals. Ein anderes Bett, eine andere Tür, ein anderer Kamin. Nur der alte Eichenschrank war immer noch derselbe.
Tony hob den Teppichläufer hoch und warf ihn aufs Bett. Doch die Bodenbretter sahen alle gleich aus!
«Vielleicht hier», sagte er unsicher und zerrte an dem Brett.
Rüdiger kniete sich neben ihn und sah gespannt zu.
Aber das Brett ließ sich keinen Millimeter bewegen.
Draußen kletterte Geiermeier aus der Fahrerkabine seines Lasters. Er warf einen Zigarrenstummel auf den Boden und bohrte ihn mit den Absätzen seiner Lederstiefel in die Erde. Mit grimmiger Miene blickte er zum Haus.
Dann nahm er einen schweren Hammer zur Hand. Jetzt kam's drauf an!
Zielstrebig ging er auf die Haustür zu. Er war sich ganz sicher, dass sie verschlossen sein würde. Er trat einen Schritt zurück, hob den Hammer und holte zu einem gewaltigen Schlag aus.
BUMMM! Das Echo hallte durch die Nachtluft. Geiermeier lächelte böse. Die schwere Eichentür krachte, bewegte sich aber nicht.
Tony hörte das Geräusch und wurde von Panik ergriffen. «Er ist da!»

«Noch nicht! Wir können es schaffen!»

BUMMM!

Tony zeigte auf ein anderes Bodenbrett. «Vielleicht das da.»

BUMMM!

«Wir brauchen etwas, womit wir die Bretter anheben können!»

BUMMM! KRACH!

Die Haustür gab nach, und Geiermeier trat mit einem teuflischen Grinsen durch die zerschmetterte Tür in die Eingangshalle. «Ich komme! Macht euch bereit!»

«Hier!», rief Tony und zog einen flachen Golfschläger aus seiner neuen Golftasche. Schnell stieß er ihn zwischen zwei Bodenbretter und drückte ihn wie einen Hebel nach unten. Nägel quietschten, und ein Brett schnellte hoch.

Rüdiger griff danach und zog. Das Brett ließ sich leicht lösen, aber es war nichts darunter versteckt.

«Versuchen wir's mit dem nächsten», rief Rüdiger.

Sie hörten Geiermeiers entschlossene Schritte auf der Treppe immer näher kommen. Unentwegt sah er sich nach allen Seiten um, als fürchtete er eine Falle.

«Gleich ist er hier», keuchte Tony und hebelte das nächste Brett aus dem Fußboden.

«Wieder nichts!», sagte Rüdiger. «Das nächste!»

Geiermeiers Schritte hallten durch den Flur.

«Sorg dafür, dass er nicht in mein Zimmer kommt!», rief Tony verzweifelt.

Rüdiger sprang auf und sah sich nach etwas um, womit er Geiermeier aufhalten konnte, während Tony, so schnell er konnte, weitere Bodenbretter aufhebelte. Das Einzige, was Rüdiger entdeckte, war Tonys Kleiderschrank.

Er klemmte sich zwischen den Schrank und die Wand und drückte mit aller Kraft. Langsam und tiefe Kratzspuren im Fußboden hinterlassend, bewegte sich der Schrank Zentimeter um Zentimeter zur Seite, bis er genau vor der Tür stand.

«So gewinnen wir wenigstens Zeit», sagte Rüdiger. «Hast du schon etwas gefunden?»

«Nein», antwortete Tony, den Tränen nahe. «Aber es muss hier irgendwo sein!» Wieder hebelte er ein Bodenbrett hoch. «Ich kann doch jetzt nicht schlafen, um im Traum zu sehen, wie die Geschichte mit dem Stein weitergeht.»

Geiermeier blieb vor Tonys Tür stehen und horchte einen Moment darauf, was im Zimmer vor sich ging. Dann drückte er den Türgriff herunter, und die Tür öffnete sich – aber nur, um im nächsten Moment gegen etwas Hartes zu stoßen.

«Sieh an, ihr habt die Tür verbarrikadiert!», sagte er und holte mit dem Hammer aus. Das Holz splitterte, aber es reichte noch nicht, um hindurchzukommen.

Tony hebelte das nächste Bodenbrett hoch, und Rüdiger zog es heraus. Beide Jungen waren inzwischen ziemlich erschöpft, aber sie kämpften weiter.

KRRRSCH! Sie hörten die Tür splittern.

«Da! Ich glaube, ich habe es!», rief Tony und ließ den Golfschläger fallen. Er suchte in dem zentimeterdicken Staub unter dem Bodenbrett und hob Elisabeths Täschchen auf. Hastig öffnete er es.

Im Innern funkelte ein dunkelroter Rubin.

«Der Stein von Attamon!», sagte Rüdiger. «Großartig! Lass uns gehen!»

KRRRSCH! Zu spät! Die Tür und der Schrank gaben nach.

Mit ein paar von Tonys T-Shirts um den Schultern sprang Geiermeier ins Zimmer. Er sah, wie Tony den Stein wieder im Täschchen versteckte und sich das Päckchen ins Unterhemd steckte.

«RAUS HIER!», schrie Rüdiger so schrill, dass es sich anhörte, als würde jemand mit den Fingernägeln über eine Schiefertafel fahren.

Geiermeier ließ den Hammer fallen und zog das bewährte Elektrokreuz hervor.

Rüdiger krümmte sich und wurde in den Kamin geschleudert.

Geiermeier starrte auf Tony herab. Im Schein des Kreuzes sah er noch größer und gefährlicher aus, und er grinste triumphierend.

«Es ist vorbei, mein Junge! Gib mir den Stein!» Geiermeier streckte seine gewaltige, schwielige Hand aus.

«Niemals!», erwiderte Tony.

«Er gehört mir», sagte Geiermeier. «Gib ihn her!»

«Er gehört meinen Freunden!»

«Freunde! Ha! Diese Blutsauger! Erst benutzen sie dich, und dann lassen sie dich fallen.» Er beugte sich zu Tony herab. «Sei kein Verräter! Gib mir den Stein!»

«Freiwillig nicht!», sagte Tony.

«Du glaubst doch wohl nicht, dass ich Angst vor dir habe», sagte Geiermeier. Er hob Tony mit einer Hand vom Boden hoch und klemmte ihn sich unter den Arm.

«Lassen Sie mich los!», brüllte Tony und trat wild mit den Beinen aus, aber das nützte gar nichts. Geiermeier ging mit ihm auf den Balkon. Tony war sich ganz sicher, dass Geiermeier nicht fliegen konnte. Was also wollte er hier?

Nun holte Geiermeier ein dickes Paket aus seiner Jackenta-

sche. Er zog mit seinen gelben Zähnen an einer Schnur und warf das Paket in die Tiefe.
Es schlug auf und füllte sich FLUFFF! mit Luft. Plötzlich sah es aus wie ein großes, orangefarbenes Bett. Im nächsten Moment schwang sich Geiermeier mit Tony in die Luft. Sie fielen und fielen und … BUFFF!
Tony hatte das Gefühl, ihm käme der Magen zum Hals heraus.
Geiermeier rannte mit ihm zum Laster und warf ihn wie einen Sack Kartoffeln in die Fahrerkabine, bevor er selbst einstieg. Krachend legte er einen Gang ein und fuhr los, kurbelte am Steuer, trat das Gaspedal durch und schoss durch die Grundstückseinfahrt. Der Schotter flog nur so zur Seite, als der Laster beschleunigte.
Sobald Geiermeier und sein furchtbares Kreuz verschwunden waren, kroch Rüdiger aus dem Kamin. Er lief auf den Balkon und konnte gerade noch sehen, wie der Laster in die Landstraße einbog und davonraste.
«TONY!», brüllte Rüdiger verzweifelt.

33. Kapitel

Geiermeiers Laster jagte über die engen Straßen, seine grellen Lichter erleuchteten Bäume und Hecken und erhellten sogar den Nachthimmel.
Tony hatte immer noch den Arm unters Unterhemd geklemmt, und seine Faust hielt den Stein fest umschlossen. Mit einer Hand steuerte Geiermeier den Laster, mit der an-

deren hielt er Tony fest, der die ganze Zeit wild herumzappelte und sich zu befreien versuchte, ohne Geiermeiers eisernen Griff im Geringsten zu lockern.
«Gib ihn mir!», sagte Geiermeier.
«Nein!»
«UAAAH!», schrie Geiermeier. Plötzlich musste er sich aufs Fahren konzentrieren, denn eine Kuhherde ging mitten auf der Straße.
«Was macht ihr denn hier?», brüllte er, hupte und überholte die kleine Prozession. Die Kühe, aufgeschreckt von dem Lärm, drückten sich an den Straßenrand und ließen den Laster vorbei. Als die Rücklichter um eine Kurve verschwanden, blinzelte eine Kuh böse mit den roten Augen. Es war Mitsy.
Geiermeier wandte sich wieder Tony zu. «Worüber haben wir zuletzt gesprochen? Ach ja, der Stein. Nun gib ihn mir endlich, junger Mann!» Er packte Tonys Arm und zog ihn unter dem Unterhemd hervor. Und da, in Tonys Faust, lag das, wonach er so lange gesucht hatte. In Geiermeiers Augen flackerte ein triumphierendes Leuchten.
«Aber meine Freunde brauchen ihn!», schrie Tony.
«Um uns alle zu ihren Sklaven zu machen!», brüllte Geiermeier. «Weißt du denn nicht, dass Vampire das Böse verkörpern? Vampirjäger sind die wahren Helden.»
«Nein!»
«Ich brauche diesen Stein, mein Junge, um deine so genannten Freunde zur Hölle zu jagen.»
«NEIN!»
Aber es hatte keinen Zweck. Geiermeier war einfach zu stark. Er öffnete Tonys Faust, und während er eine Hand am Steuer hatte, holte er mit der anderen den Stein aus Elisabeths Täschchen.

«Aaah!», sagte er.
Schnell warf er einen Blick auf die Straße. «Was, zum Teu…!» Etwas flog in ungefähr hundert Metern Entfernung vor ihnen her.
Geiermeier wickelte den Stein wieder ein und legte das Täschchen aufs Armaturenbrett. Dann trat er so abrupt auf die Bremse, dass er mit beiden Händen das Steuer festhalten musste. Mitten auf der Straße kam der Laster zum Stehen, fauchend wie ein Drache.
Geiermeier strengte sich an, um in der Dunkelheit etwas zu erkennen.
«Rüdiger!», stammelte Tony.
Es war wirklich Rüdiger. Doch er flog so hoch, dass er außerhalb des Lichtkegels blieb. Tony sah, wie er winkte.
«Was soll das jetzt schon wieder?», fragte Geiermeier argwöhnisch.
Wie zur Antwort schwebte eine schwarz-weiße Kuh vom Himmel und reihte sich hinter Rüdiger ein. Es war Mitsy. Ihre Augen glühten rot, und sie sah sehr wütend aus.
«Da soll mich doch der …» Geiermeier schien beeindruckt zu sein. «So was hab ich ja noch nie gesehen!»
Eine weitere Kuh schwebte herab, Cora, und dann noch eine und noch eine, bis alle fünf Vampirkühe hinter Rüdiger in der Luft schwebten, sich dem Laster entgegenstellten und ihre Schwänze hin und her schwangen wie Tiger, die auf den richtigen Moment zum Angriff warteten.
Geiermeier starrte sie an. Dann verzog er den Mund zu einem breiten Grinsen. «Okay, Kühe», sagte er und legte den ersten Gang ein. «Ich mache euch zu Hackfleisch!»
Er trat aufs Gaspedal, und mit durchdrehenden Rädern stürzte sich der Laster in die Schlacht.

Rüdiger schwang sich in die Höhe und außer Sichtweite.
«Ha!», stieß Geiermeier hervor. «Feigling!»
Aber die Kühe hielten die Stellung. Sie kniffen die Augen zusammen. Aus ihren Nasenlöchern kam Dampf.
Tony wollte gar nicht hinsehen. Der Zusammenstoß würde furchtbar sein. Er knirschte mit den Zähnen und drehte den Kopf zur Seite.
Der Laster wurde immer schneller, und der Aufprall stand unmittelbar bevor, als die Kühe sich ebenfalls in die Höhe schwangen, eine nach der anderen.
«Erwischt!», rief Geiermeier. Aber er hatte sich zu früh gefreut.
Mitsy ließ einen großen grünen Kuhfladen fallen, als sie über den Laster hinwegflog. Cora tat dasselbe. Und die anderen auch. Tony sah die Kuhfladen durch die Luft wirbeln.
PLATSCH! PLATSCH! PLATSCH! PLATSCH! PLATSCH!
Ein Kuhfladen nach dem anderen landete auf der Windschutzscheibe!
«AAARRRG!», brüllte Geiermeier. Er fuhr mit Vollgas und konnte plötzlich nichts mehr sehen. Auch nicht die nächste Kurve. Er hielt das Steuer fest umklammert, und der Laster raste in einen Zaun und dann gegen eine Tafel mit der Aufschrift GUTSHOF McASHTON – GOLFCLUB UND TAGUNGSZENTRUM. Durch die Wucht des Aufpralls wurde Geiermeier das Steuer aus den Händen gerissen. Der Laster geriet außer Kontrolle und holperte einen Hügel hinunter, geradewegs auf die Klippen und das tiefe, kalte Meer zu. Die Anti-Vampir-Scheinwerfer zuckten wild durch den Himmel.

Tony warf einen verstohlenen Blick auf Elisabeths Täschchen. Bei dem Geholpere rutschte es langsam über das Armaturenbrett, genau auf ihn zu.
Geiermeier schaltete die Scheibenwischer an, aber das nützte wenig, außer dass der Dreck nun gleichmäßig über die Windschutzscheibe verteilt wurde.
Rumpelnd rasten sie über einen Sandbunker auf dem Golfplatz.
Das Täschchen fiel vom Armaturenbrett und Tony direkt in die Hände. Schnell griff er zu.
«He!», sagte Geiermeier, aber momentan konnte er nichts unternehmen, da er vollauf damit beschäftigt war, den Laster wieder unter Kontrolle zu bekommen. Er stemmte sich in die Bremsen, doch das Fahrzeug reagierte nicht.
Wie angewurzelt saß Tony auf dem Beifahrersitz. Er hatte den Stein, aber was konnte er jetzt tun? Ihm fiel einfach nichts ein!
«Die Scheinwerfer!», hörte er eine Stimme von weit oben.
Tony sah hoch.
«Schalte die Scheinwerfer ab!»
Es war Rüdiger! Solange Geiermeiers Laster Licht verströmte, konnte Rüdiger nicht nahe genug herankommen.
Tony suchte das Armaturenbrett ab.
Röntgenstrahlen. Fledermaus-Detektor. Stereoanlage. Rauchwolke. Pfeilabschuss-System. Anker. Radio. Anti-Vampir-Scheinwerfer!
Er drückte auf sämtliche Knöpfe, und augenblicklich verloschen die Lichter.
Sekunden später machte es PLONK! auf dem Dach der Fahrerkabine, und Rüdigers Kopf erschien im offenen Schiebedach.

«Deine Hand!», schrie er. «Schnell!»
Tony streckte seine Hand aus, aber Geiermeier, der merkte, dass er flüchten wollte, ergriff Tonys andere Hand, mit der er Elisabeths Täschchen umklammert hielt.
Es kam zu einem heftigen Gerangel. Einen Moment lang hatte Tony das Gefühl, Geiermeier und Rüdiger würden ihn zerreißen und je einen halben Tony erbeuten.
Um das zu verhindern, gab er jeglichen Widerstand auf und ließ das Täschchen auf Geiermeiers Kopf fallen. Geiermeier griff nach dem Päckchen – und Tony war frei!
So schnell er konnte, zog Rüdiger Tony aus der Fahrerkabine. Die beiden Freunde erhoben sich in die Luft und flogen davon. Geiermeier schüttelte eine Faust in ihre Richtung.
«Ihr seid mir entwischt, aber ich habe den Stein!»
ZINNNG! Ein Geräusch wie von einem gespannten Draht. Die Fahrerkabine wurde durch und durch gerüttelt.
Die Scheibenwischer schoben die Kuhfladen an einer Stelle weg, und Geiermeier sah … Was war das? Kabel? Irgendwie musste er in ein Gewirr von Kabeln, Drähten oder Schnüren geraten sein.
Was war geschehen?
Er sah nach oben.
Ein riesiger Ballon schwebte über ihm.

Bob und Helga, Ludwig und Hildegard, Lumpi und Anna und der ganze versammelte Vampirclan, ja sogar Tony und Rüdiger und die Vampirkühe hoch oben in der Luft hatten einen erstklassigen Ausblick auf das Geschehen.
Geiermeiers Laster hatte sich in den Halteseilen des Reklame-Luftschiffs verfangen.

Mit offenen Mündern sahen alle zu, wie der Laster immer langsamer wurde, ohne jedoch ganz zum Stillstand zu kommen, und wie er wenige hundert Meter vom Versammlungsplatz entfernt den Rand der Klippen erreichte und langsam, ganz langsam in die Tiefe stürzte.
Es gab kein Zurück für Geiermeier.
Das Luftschiff verlangsamte den Sturz, aber nicht sehr, und mit albtraumhafter Langsamkeit fiel Geiermeier, immer noch verzweifelt am Steuer drehend und sich in die Bremse stemmend, vor den Klippen in die Tiefe und auf die Wellen zu, die krachend an die Felsen schlugen.

34. Kapitel

«Hurra!», schrien Lumpi und Anna gleichzeitig, als Geiermeiers Laster Funken sprühend ins Wasser klatschte.
Hildegard sah zum Mond auf. «Es dauert nicht mehr lange», sagte sie.
«Ja», bestätigte Otto van Bleek. «Aber was ist mit dem Stein von Attamon?»
Zustimmendes Gemurmel von den versammelten Vampiren ertönte. Schließlich hatten alle lange, anstrengende Reisen hinter sich. Und sie hatten dreihundert Jahre auf diesen Moment gewartet!
Ludwig fühlte sich noch recht schwach, aber er nahm alle Kraft zusammen, um die Rede zu halten, die der Anlass erforderte.
«Nach unserer langen Wanderschaft, nach all unserem War-

ten kann ich euch nichts anderes sagen, als dass ich den Stein nicht habe.»
«Wie bitte?»
«Warum nicht?»
«Welche Schmach!»
«Eine Schande!»
Einige ältere Vampire zeigten offen ihren Unmut.
«Hört auf!», rief Lumpi mit zornig funkelnden Augen.
«Ich fürchte, ich habe unser Schicksal in die Hände zweier kleiner Jungen gelegt», gestand Ludwig. «Könnt ihr euch das vorstellen? Es ist allein meine Schuld. Ich werde euch nicht um Verzeihung bitten – ich verdiene sie nicht.»
«Verzeihung?», sagte Hildegard. «Wofür? Noch haben wir nicht verloren. Wir sind alle hier versammelt, der ganze Clan. Falls wir dazu verdammt sind, weitere dreihundert Jahre in der Welt der Dunkelheit unser Dasein zu fristen, so wollen wir wenigstens für dieses Wiedersehen dankbar sein.»
«Das würde ich nicht so sehen, meine Liebe», entgegnete van Bleek. «Einige von uns haben das Ganze gründlich satt!»
«Auch ich sehe keinen Grund zur Dankbarkeit», stimmte ihm seine Frau Eleonore zu.
«Kann es sein, Ludwig», sagte van Bleek, «dass deine Familie mit dieser Aufgabe überfordert ist?»
«Sterbliche zu unserer Versammlung einzuladen ... Ich muss schon sagen ...» Eleonore schüttelte sich, als sie Bob und Helga ansah. «Sterbliche, die nicht mal zu einem kleinen Imbiss taugen!»
«Mich interessiert nur eins», sagte Helga schnell. «Wo ist Tony?»
Anna lächelte ihr zu. «Tony ist ganz in der Nähe», sagte sie.

Helga blickte zur Straße. Niemand war zu sehen.
«Wo denn?», fragte sie.
Anna zeigte in den Himmel. «Da!»
Bob und Helga schauten nach oben. Sie konnten nicht glauben, was sie da sahen.
«Das kann doch nicht wahr sein!», riefen beide gleichzeitig aus und rieben sich die Augen.
Es war Tony! Schnell flog er vom Meer her auf sie zu. Als der Mond genau hinter ihm stand, winkte er seinen Eltern zu und grinste von einem Ohr zum anderen. Rüdiger hielt ihn an der Hand und lächelte seinen eigenen Eltern zu. Hinter ihnen bildete eine Herde Vampirkühe eine einwandfreie V-Formation, als hätten sie ihr Leben lang studiert, wie man Flugzeugstaffeln flog.
Tony und Rüdiger setzten zur Landung an und erreichten die Klippen, dann bremsten sie und landeten formvollendet auf dem Gras.
Die Vampirkühe flogen dicht über die Köpfe der Versammelten hinweg und landeten ein Stückchen weiter. Mitsy schnüffelte kurz an ein paar Grashalmen und wandte sich traurig ab. Gras schmeckte ihr nicht mehr.
Erst als Tony wieder festen Boden unter den Füßen hatte, glaubten Helga und Bob, dass er es wirklich war.
«Netter Trick!», sagte Bob.
«Tony!», rief Helga, aber Tony winkte ihr nur kurz zu und ging dann auf Ludwig zu. Er streckte seine Hand aus und öffnete sie.
«Ich glaube, Sie warten auf das hier», sagte er stolz.
Der Stein von Attamon funkelte in seiner Hand, fing die Strahlen des Mondes und des Kometen auf und glitzerte von Sekunde zu Sekunde machtvoller.

Ludwigs Augen weiteten sich. «Dreihundert Jahre ...», sagte er und streckte die Hand nach dem Juwel aus. «Danke, Tony!»
Ehrfürchtig setzte er den Stein wieder in die alte goldene Fassung und hielt das Amulett hoch über den Kopf, sodass alle es sehen konnten.
«Der Stein ist wieder da!», rief er. «Der Stein von Attamon ist unser!»
Die versammelten Vampire applaudierten und lachten und umarmten einander.
«Jetzt kann ich erwachsen werden und dich heiraten!», rief Anna.
Tony wusste nicht, was er davon halten sollte.
«Erzähl ihr, was du Geiermeier gegeben hast!» Rüdiger grinste.

Geiermeier saß noch in der Fahrerkabine, aber das Wasser reichte ihm schon bis zur Brust, und es stieg immer höher, während der Laster immer weiter versank und Funken sprühte. Er lächelte zufrieden, denn er glaubte, im Besitz des Steins zu sein. Er öffnete das Täschchen, um sich die Beute zu besehen, und fand ... Ja, was war denn das? Eine tote Maus?! Er starrte sie an, aber es konnte keinen Zweifel geben.
Statt des Steins von Attamon hielt er eine tote Maus in der Hand!
Er schrie und schrie und schrie, bis alle schlafenden Vögel und Fische in Hörweite aufwachten.

35. Kapitel

Die Vampire standen mit geschlossenen Augen auf den Klippen, dem Meer zugewandt. Ludwig und Hildegard, Lumpi, Anna und Rüdiger in der vordersten Reihe, weil sie den Stein gefunden hatten.

Bob und Helga hielten sich ein Stück abseits, und Tony erzählte ihnen ganz aufgeregt von seinem Abenteuer. Sie sahen ihn irritiert an, als er vom Fliegen sprach, von Kühen, die zu Vampiren wurden, von Särgen, dem Stein und Geiermeiers unermüdlicher Jagd.

«Diese Versammlung hier», erklärte Tony, «ist genau wie in meinen Träumen. Nur dass Geiermeier auf einem Pferdekarren angeritten kam und ...»

«Geiermeier!», zischte Bob. «Wenn ich den in die Finger bekomme ...!»

«Das wird wohl nicht möglich sein», sagte Helga. «Er ist soeben im Meer versunken.»

«Und wisst ihr, warum ich dauernd diese Träume hatte? Weil der Stein die ganze Zeit in meinem Zimmer war! Ich war überhaupt nicht verrückt», sagte Tony.

Seine Miene verdüsterte sich. «Ähm ... ich muss euch noch was sagen. Wir haben mein Zimmer ziemlich verwüstet. Wir mussten ein paar Bodenbretter rausreißen, um den Stein zu finden, und ...»

«Ach, das spielt doch jetzt keine Rolle», sagte Helga.

«Und Geiermeier hat ein paar Türen eingeschlagen.»

«Hauptsache, du bist in Sicherheit», sagte Bob. «Türen kann man reparieren.» Er schaute zu den versammelten Vampiren hinüber und schüttelte langsam den Kopf, als könne er nicht

fassen, dass er hier war und alles mit ansah. «Und was passiert jetzt, Tony?», fragte er.
«PSSST!», machte Tony.
Die Zeremonie begann.
«Nun ist es Zeit», verkündete Ludwig.
Genau wie in Tonys Traum hob er das Amulett in die Höhe, in dessen Mitte der Stein von Attamon zu sehen war. Stein und Fassung funkelten im goldenen Mondlicht.
Ludwig hielt den Stein so, dass er eine gerade Linie mit dem Mond und dem Kometen bildete.
«Ab ovo!», rief er. «Nil desperandum! Sine die!»
Die anderen Vampire – es mussten dreißig oder mehr sein – fielen in das hohe, wortlose Summen mit ein. Auch die Kühe muhten mit, aber es klang ganz anders als das Muhen von normalen Kühen. Ihre tiefen Bässe vibrierten und mischten sich mit dem Gesang der Vampire. Die Töne hoben und senkten sich wie die Meereswellen.
Es war richtig gruselig. Tony merkte, wie sich seine Nackenhaare sträubten.
Und dann passierte etwas sehr Merkwürdiges. Da Ludwig und die anderen Vampire ihre Augen geschlossen hatten, sah es nur Tony. Und er konnte sich nicht daran erinnern, es in seinen Träumen erblickt zu haben.
Ein großes, rundliches Etwas erschien über den Klippen. Es sah aus wie ein Wal, der sich aus dem Wasser erhob, oder ein Planet oder vielleicht sogar eine fliegende Untertasse …
War ein Ufo auf der Erde gelandet, um die Vampire abzuholen und sie in ein besseres Leben zwischen den Sternen zu führen?
Das dunkle und bedrohlich wirkende Etwas stieg immer höher und bewegte sich mit majestätischer Gelassenheit. Es war

groß und rund und hatte eine gewellte Haut. Nun hatte es sich in voller Größe vor den Mond geschoben.
Verblüfft schlug Ludwig die Augen auf. Das gehörte nicht zur Zeremonie!
«He!», rief Bob aus. «Das ist mein Reklame-Luftschiff!»
Tatsächlich! Der Schriftzug McASHTON war deutlich zu erkennen. Auch die anderen Vampire schlugen jetzt die Augen auf und starrten auf das merkwürdige Ding. Sie waren wie in Trance, als habe das Singen und die Zeremonie sie in Hypnose versetzt. Niemand rührte sich.
Die gekappten Halteseile wehten hinter dem Luftschiff her.
Nur eines war straff gespannt.
Etwas hing daran und triefte …
Es war Geiermeier! Wie ein Uhrenpendel schwang er hin und her.
«Da ist ja schon wieder dieser Typ!», rief Bob.
Seetang hing Geiermeier vom Kopf, und in seinen Augen lauerte die blanke Mordlust. Wie ein Pirat, der ein Schiff mit erhobenem Säbel entert, brüllte er los und nahm noch einmal ordentlich Schwung. Plötzlich leuchtete das elektrische Kreuz vor ihm auf, aber es funktionierte nicht mehr richtig. Es war mit Wasser voll gelaufen und zischte und flackerte.
Ludwig starrte es verwundert an, das Amulett immer noch hoch über den Kopf erhoben. Er konnte sich nicht rühren.
Geiermeier zielte genau, als er mit seinen Lederstiefeln nach dem Amulett trat. Es flog Ludwig in hohem Bogen aus der Hand und rotierte dabei pausenlos um seine eigene Achse. Andere Vampire, die nach und nach aus ihrer Trance erwachten, versuchten, danach zu greifen, als es über ihre Köpfe hinwegzog, aber keiner konnte es erreichen.

Geiermeier rutschte an seinem Seil herunter und sprang auf die Klippen. Seine Blicke verfolgten das fliegende Amulett. Er trat zurück. Ein Schritt ... zwei Schritte ... Und dann fing er es auf.
Mit wilden Drohgebärden kamen die Vampire auf ihn zugestürzt, aber Geiermeier hielt sie mit seinem Kreuz sicher auf Abstand. Er genoss seine Macht und drängte sie immer weiter zurück.
«Mom! Dad!», brüllte Tony.
Bob trat in Aktion und rannte auf Geiermeier zu.
Geiermeier wurde sich der Gefahr bewusst.
«Noch ein Verräter!», rief er, drehte sich um und rannte auf den Rand der Klippen zu.
Bob legte einen enormen Sprint ein, bekam Geiermeiers Jacke zu fassen und wirbelte ihn herum. Aber Geiermeier war zu stark, sogar im Rückwärtslaufen, und riss Bob die Jacke aus der Hand.
Bob stolperte und fiel hin. Mit dem Gesicht landete er mitten in einer Schlammpfütze.
«Ha!», sagte Geiermeier, stellte sich triumphierend auf die Klippen und sah auf die verängstigten, gebeugten Vampire herab. Seine Silhouette zeichnete sich dunkel gegen den Mond ab. Hoch über ihm schwebte das Reklame-Luftschiff. Er hob das Amulett mit dem Stein und schwenkte es vor aller Augen hoch durch die Luft.
«Jetzt hab ich euch! Jetzt hab ich euch!», brüllte er, und Speichel lief aus seinem Mund. «Und jetzt ab in die Hölle mit euch, ihr miesen kleinen Blutsauger!»
Weit über dem Meer entlud sich ein Blitz. Der Wind wurde stärker. Energie lud die Atmosphäre auf und elektrisierte alles mit einer fast unerträglichen Spannung.

Geiermeier drehte sich zum Mond um und stimmte seinen eigenen düsteren Gesang an.
Da war Helga bei ihm. Unbemerkt war sie an ihn herangeschlichen.
Sie holte mit dem rechten Arm aus und boxte ihm in den Magen. Er krümmte sich, und schon hatte er einen linken Haken im Gesicht. Benommen taumelte er zurück und ließ das Amulett los, das in hohem Bogen durch die Luft flog.
Geiermeier stolperte, und dann fiel er kopfüber in die Tiefe. Immer wieder schlug er auf den Felsen auf und löste so eine kleine Steinlawine aus, die hinter ihm herrollte und ihm ins Meer folgte.
Tony behielt das Amulett im Auge, als es glitzernd durch die Luft flog. Wie ein Footballspieler rannte er los, im Laufen immer über die Schulter sehend, und berechnete genau, wohin es fallen würde. Er stand goldrichtig, sodass es ihm genau in die Hände fiel.
«Ich hab's!», rief er und hielt es hoch, damit alle es sehen konnten. Doch die anderen waren viel zu weit weg.
In diesem Moment schien der Komet den Mond zu berühren, und der Mond verfärbte sich zu einem leuchtenden Rot. Blutrot.
«Die Zeremonie, Tony!», rief Ludwig. «Du musst mit der Zeremonie fortfahren!»
Tony stand einfach nur da. Er hatte keine Ahnung, was er tun sollte.
«Du weißt, was wir wollen!», rief Rüdiger. «Wünsch es dir!»
Tony hielt den Stein in die Luft, so, wie Ludwig es in seinen Träumen getan hatte. Dann schloss er die Augen und versuchte, sich daran zu erinnern, was Ludwig dabei gesagt

hatte. «Ab ovo ...» Nein, der Teil der Zeremonie war ja schon erledigt.

Was für einen Wunsch sollte er äußern? Wie konnte er sich etwas für die Vampire wünschen?

Das Einzige, was er ganz genau wusste, war: Er wollte Rüdiger und Anna nicht als Freunde verlieren.

Da schoss ein gewaltiger roter Strahl aus dem Kometen und fuhr direkt in den Stein von Attamon. Die Energie, die sich entlud, war so enorm, dass Tony die Haare zu Berge standen und ihm die Brille von der Nase fiel. Der Strahl zuckte und wand sich, glühte und zischte wie eine gigantische Schlange. Aber Tony fühlte keinen Schmerz, und er hatte auch keine Angst.

Der Stein begann zu glühen, und von Sekunde zu Sekunde glühte er intensiver. Tony ergriff ihn und merkte verwundert, dass er nicht heiß war.

Und plötzlich explodierte der Stein! Tony hielt ihn immer noch fest. Funken sprühten und zuckten durch die Luft. Sie krümmten sich wie lange, dünne Würmer und fuhren durch alle anwesenden Vampire, inklusive der Kühe.

Rüdiger blickte Tony unverwandt an.

Ja, und dann lösten sich Rüdiger und Anna und Hildegard und alle anderen Vampire in Rauch auf – wie ein Traum, der plötzlich zu Ende geht.

Fort. Sie waren alle fort. Nichts und niemand war zurückgeblieben. Nur ein paar Nebelschwaden, die sich aber auch schnell verflüchtigten.

Der Mond hatte wieder seine normale Farbe angenommen. Der Himmel war dunkel und mit unzähligen Sternen übersät. Die Wellen schlugen an die Felsen, genauso, wie sie es immer taten.

Tony stand da, völlig überwältigt. Bob und Helga gingen zu ihm und legten ihm die Hände auf die Schulter.
«Was hast du dir gewünscht?», fragte Bob leise.
Aber Tony konnte nicht sprechen. Mit Tränen in den Augen starrte er aufs Meer.
Was hatte er getan? Hatte er Geiermeiers Werk vollendet und seine Freunde einem grausamen Schicksal ausgeliefert?
«Hallo, Thompson!», ertönte eine Stimme in einigen Metern Entfernung. Es war Lord McAshton. «Ihre angeblich adligen Freunde ... Es sind Vampire, Thompson, nehmen Sie sich in Acht!»
«Der schon wieder», murmelte Helga. «Aber diesmal scheint er Recht zu haben.»
«Ich muss euch noch etwas sagen», begann Tony, «Lord McAshton hat Geiermeier geholfen, mich in einen Sarg zu sperren.»
«Wie bitte?», rief Helga.
«Tatsächlich?», sagte Bob und lächelte grimmig. «Hey, Boss!», rief er. «Mit Ihnen habe ich noch ein Hühnchen zu rupfen!»
Er ging auf McAshton zu.
McAshton machte auf dem Absatz kehrt und rannte zu seinem Bentley zurück.

Weit draußen im Meer stiegen ein paar Luftblasen zur Wasseroberfläche auf. Und plötzlich tauchte eine Gestalt aus der Tiefe auf. Geiermeier! Er zog an einer Schnur, und ein kleines Rettungsboot öffnete sich mit einem Geräusch, als platzte ein Luftballon.
Geiermeier kletterte hinein und lag da wie ein gestrandetes Walross, spuckend und triefend.

Die Strömung erfasste das Boot und trieb es aufs offene Meer hinaus. Als er wieder zu Atem kam, verfluchte Geiermeier den Tag, an dem er Tony Thompson begegnet war.

36. Kapitel

Noch Tage nach der großen Versammlung war Tony untröstlich. Er hätte sich ohrfeigen können wegen des Fehlers, den er begangen hatte.
Wenigstens wagte es niemand mehr, sich über ihn lustig zu machen. Seine Eltern wussten natürlich Bescheid. Sie konnten es zwar immer noch nicht recht glauben, aber schließlich hatten sie alles mit eigenen Augen gesehen.
Alle in der Schule hatten gesehen, dass der Mond sich verfärbt hatte, blutrot, genau, wie Tony es vorausgesagt hatte. Das Ereignis war in allen Zeitungen beschrieben worden. Tony wurde jetzt mit Respekt behandelt, als wisse man, dass er über geheimnisvolle Kräfte verfügte.
Mr. Boggins hatte durch sein Teleskop die Fledermäuse gesehen, als sie zur großen Versammlung flogen. Er hegte so seine Vermutungen, aber im Interesse seiner Karriere fragte er Tony lieber nichts, und er erzählte auch keinem davon. Allerdings achtete er darauf, sich nie wieder über Tony lustig zu machen.
Jeden Tag nach der Schule holte Tony sein Fahrrad aus dem Schuppen und fuhr im Dorf und in der näheren Umgebung herum. Dabei trat er so stark in die Pedale, wie er nur konnte. Er wusste, wenn er zu Hause blieb und aus dem

Fenster starrte, würde er noch anfangen zu glauben, er sei verrückt geworden. Rüdiger im Kamin! Mit Geiermeier vom Balkon springen! Fliegen! Auf dem Reklame-Luftschiff herumhüpfen!
Unglaublich!
Also fuhr er Fahrrad und sah sich noch einmal alle Schauplätze seines großen Abenteuers an, an die er sich erinnern konnte, um sich zu beweisen, dass alles wirklich passiert war.
Er fuhr zum Gutshof von McAshton. Der Lord selbst war verschwunden. Eine Reise nach Übersee, hieß es. Einige Dorfbewohner munkelten, er werde nie zurückkehren. Nicht einmal Nigel und Flint wussten Näheres. In seiner Abwesenheit war Bob zum Generalmanager des Golfclubs und Tagungszentrums ernannt worden – eine willkommene Beförderung.
Das Reklame-Luftschiff war wieder da, aber es flog nicht mehr. Die Küstenwache hatte es gefunden, zerrissen und zerknautscht. Wenigstens war das Luftschiff ein gewisser Beweis für Tony, dass sich alles so ereignet hatte, wie es in seiner Erinnerung war, obwohl die meisten Leute dachten, es habe sich einfach nur losgerissen und sei weggeweht worden. Tony fuhr jeden Tag hin und sah es sich an, und dann musste er daran denken, wie er darauf herumgehüpft war.
Jeden Tag besuchte er auch das alte Mausoleum der McAshtons hinter dem Gutshaus. Die Tür stand noch offen und hing schief in den zerbrochenen Scharnieren.
Irgendetwas hielt Tony davon ab, hinunterzugehen und durch den Tunnel zu kriechen. Auch Elisabeths und Wenzels Sarg wollte er nicht sehen. All das war in Begleitung von Rüdiger und Anna viel einfacher gewesen.

Gleich hinter der Friedhofsmauer waren noch Geiermeiers Bohrlöcher zu sehen, aber nachdem es ein paar Mal geregnet hatte, sahen sie eher wie dicke, fette Pfannkuchen aus.
Heute nun lehnte Tony sein Fahrrad an die Kirchenmauer und ging auf den Friedhof. Die Sonne schien, und er wanderte zwischen den Grabsteinen umher. Hier hatte er Rüdigers Familie zum ersten Mal gesehen. Dort drüben waren Ludwig und Hildegard gelandet. An dieser Stelle war er mit Lumpi aneinander geraten.
Er sah in das Loch, durch das er gefallen war, als Geiermeier hinter ihm her gewesen war und Rüdiger ihn gerettet hatte.
Ein Stück weiter konnte er tiefe Reifenspuren sehen, offenbar von Geiermeiers Laster.
Als er so dastand, glaubte er plötzlich das tiefe Dröhnen von Geiermeiers Laster zu hören.
Ja wirklich! Das war ein echtes Motorengeräusch! Es kam von dem nahe gelegenen Pfarrhaus. Tony kletterte über eine halb zerfallene Friedhofsmauer und kniete sich hin. Jetzt musste er nur noch die überhängenden Zweige eines Busches beiseite schieben, und dann konnte er sehen, was es war.
Ein Umzugslaster stand in der Auffahrt zum Pfarrhaus. Jemand in einem Overall zog das Schild ZU VERKAUFEN aus der Erde.
Anscheinend hatte jemand das Haus gekauft. Keiner im Dorf wusste, was mit dem Friedhofswärter geschehen war, der das Haus zuletzt bewohnt hatte. Tony überlegte, wer jetzt wohl dort einzog.
Fünf schwarz-weiße Kühe kamen gemächlich um die Ecke des großen Hauses getrottet und kauten genüsslich auf dem Gras herum, das sie aus dem Rasen rupften. Komisch, dachte

Tony. Kühe? Er lächelte und wünschte ihnen alles Gute. Sicher würden sie bald von dort vertrieben werden.
Tony hatte das Gefühl, dass ihm die Kühe bekannt vorkamen, aber ehe er noch darüber nachdenken konnte, wurde er von einem Landrover abgelenkt. Er bog so schnell in die Auffahrt ein, dass links und rechts der Schotter nur so zur Seite spritzte. Einen Moment lang dachte Tony, es seien seine Eltern, aber der Wagen hatte eine andere Farbe, und der Fahrer war viel ungeübter als sein Vater. Es sah fast so aus, als könnte er gar nicht richtig fahren.
Vor dem Haus wurde der Wagen abrupt zum Stehen gebracht.
Ein dunkelhaariger, sehr dünner Mann, ungefähr so groß wie Ludwig, stieg an der Fahrerseite aus und eine Frau, die ein wenig wie Hildegard aussah, an der Beifahrerseite. Die hinteren Türen wurden geöffnet, und drei Kinder stiegen aus. Gut, dachte Tony. Dann war er wenigstens nicht mehr der Neue.
Auch die Kinder kamen Tony bekannt vor. Der eine Junge war dreizehn oder vierzehn Jahre alt und hatte eine Punkerfrisur. Der andere Junge war ungefähr in Tonys Alter und sah aus wie Rüdiger. Das Mädchen, das ein rotes Sommerkleid trug, erinnerte ihn an Anna. Ja, sie waren es! Die gesamte Familie von Schlotterstein war zurückgekehrt und hatte sogar die Kühe mitgebracht! Sie konnten bei Tageslicht draußen im Freien sein und in der Sonne spazieren gehen, so, wie Rüdiger es sich immer gewünscht hatte.
Tony schlug sich an die Stirn. Sein Wunsch war in Erfüllung gegangen!
«He!», rief er und sprang über die Mauer. «He, ich bin's! Hallo, Rüdiger! Hallo, Anna!»

Sie hörten ihn, aber es schien, als könnten sie ihn nicht sehen. Suchend sahen sie sich nach allen Seiten um.
So schnell er konnte, rannte Tony auf sie zu. Der Junge, der wie Lumpi aussah, sah ihn, als er mitten auf ihrem Rasen war, und zeigte auf ihn. Die anderen blickten jetzt auch in seine Richtung. Alle außer dem Mädchen, das wie Anna aussah; es war niedergekniet, um eine Blume zu pflücken.
Tony kam sich reichlich komisch vor. Sie erkannten ihn nicht! Also konnten sie es doch nicht sein. Aber wer immer sie waren – sie alle sahen sehr blass und erschöpft aus, und sie bewegten sich so langsam, als hätten sie eine furchtbar lange Reise hinter sich und befänden sich im Halbschlaf.
Vielleicht, überlegte Tony, war das Sonnenlicht zu grell für sie. Das würde erklären, warum der Mann – Ludwig? – so wild gefahren war.
«Ich bin's, Tony», sagte er noch einmal hoffnungsvoll.
Nichts. Sie starrten nur mit offenen Mündern durch ihn hindurch, als sei er unsichtbar.
Aber dann fiel ihm Annas Rat ein: Wenn du mich brauchst, pfeife einfach!
Okay, versuchen kann ich's ja, dachte Tony. Er spitzte die Lippen und blies. Es klang feucht und jämmerlich und überhaupt nicht wie ein Pfiff.
Das Mädchen, das wie Anna aussah, lächelte und flüsterte mit dem Jungen, der wie Rüdiger aussah. Auch er lächelte.
Die beiden liefen auf Tony zu, und mitten auf dem Rasen gaben sich die drei die Hände.
Die fünf schwarz-weißen Kühe muhten.
Bald würde jemand Bauer McLaughlin Bescheid sagen, und er würde kommen und sie nach Hause treiben.

Niemand wusste etwas davon, dass im düsteren Keller des Pfarrhauses eine dunkle Gestalt schlummernd auf einer Holzbank lag.
Der Friedhofswärter! Er war also doch noch im Dorf, und Lumpis Bissspuren waren auch noch an seinem Hals zu sehen.
Während des Tages ruhte er sich dort unten aus, mit Stöpseln in den Ohren.
Aber wenn es Nacht wurde, würde er aufwachen, so wie alle Kreaturen seiner Art. Er würde aufwachen, und dann würde er eine kleine Stärkung brauchen …

Angela Sommer-Bodenburg; Studium der Pädagogik, Soziologie und Psychologie, 12 Jahre Grundschullehrerin in Hamburg, lebt in Hidden Meadows, Kalifornien, USA, wo sie schreibt und malt.
Veröffentlichungen: «Der kleine Vampir», seit 1979; «Das Biest, das im Regen kam», 1981; «Wenn du dich gruseln willst», 1984; «Die Moorgeister», 1986; «Julia bei den Lebenslichtern», 1989; «Florians gesammelte Gruselgeschichten», 1990; «Schokolowski», seit 1991; «Hanna, Gottes kleinster Engel», 1995; «Das Haar der Berenice», 1997; «Der Fluch des Vampirs», 1998; außerdem mehrere Gedichtbände und Bilderbücher. Übersetzungen in 30 Sprachen.
Verfilmung: 13-teilige internationale TV-Serie «Der kleine Vampir» 1986/87, «Der kleine Vampir 2», 13-teilige WDR-Fernsehserie 1992/93, Theaterstück «Der kleine Vampir»; «Der kleine Vampir. Das Musical», 250 Aufführungen seit April 1998.
Internationaler Kinofilm «The Little Vampire».

Angela Sommer-Bodenburg hat ihre eigene Website:
http://www.AngelaSommer-Bodenburg.com

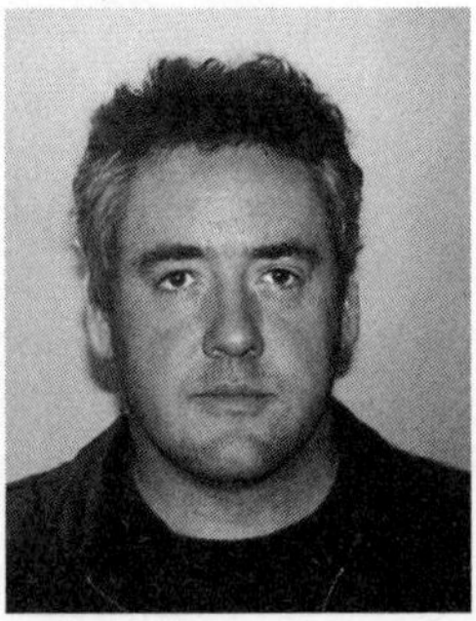

Nicolas Waller; geboren 1958 als Sohn britischer Eltern in Beirut. Dort verbrachte er auch seine Kindheit und Jugend. Nach diversen Tätigkeiten in Verkauf, Marketing und international tätigen Verlagen arbeitet er heute als Drehbuchautor beim Film und schreibt Kurzgeschichten. Nicholas Waller lebt in Luton in der Nähe von London.

Vampirmäßig gut...
... jetzt als CD und MC!
Teil 1
DER KLEINE VAMPIR
Kat.-Nr.: CD 544 408-2 • MC 544 408-4
Teil 2
DER KLEINE VAMPIR
Kat.-Nr.: CD 544 407-2 • MC 544 407-4
Das Original-Hörspiel zum Kinofilm
Überall im Handel erhältlich oder unter Tel.: 04181/28219
Karussell
A UNIVERSAL MUSIC COMPANY
UNIVERSA